27 cours d'Estienne d'Orves 13001 Marseille
www.polar.jigal.com

Couverture : © JG
Directeur de collection : Jimmy Gallier

ISBN 979-10-92016-61-1

PHILIPPE HAURET

JE VIS, JE MEURS

ÉDITIONS JIGAL

À mon fils, Lucien…

L'histoire se terminait, son corps, bientôt, se disloquerait en percutant les rochers. Tout ce qui le déterminait en tant qu'homme se diluerait enfin dans l'atmosphère. Il n'était pas question de Dieu ou de néant, peu importait. L'histoire se terminait, et c'était bien ainsi.

Chapitre 1

Le lieutenant de police Franck Mattis somnolait sur le siège passager d'une voiture de type utilitaire aux vitres sans tain. Il planquait, avec Rémi, son coéquipier, devant un immeuble haussmannien de la rue d'Alésia dans le 14e arrondissement de Paris.

Mattis reçut un coup de coude juste au moment où il se sentait partir vers un sommeil profond et réparateur.

— T'as fait quoi de ton dimanche, Franck ?

Parcouru de frissons, Mattis se redressa en grognant.

— Pourquoi est-ce que tu me poses la même question chaque lundi ? J'ai passé la journée au fond de mon lit à soigner ma gueule de bois. Et toi ?

— Une grande balade dans la forêt avec Annie et les enfants.

— Je parie qu'elle ne t'a même pas forcé...

Mattis était persuadé que Rémi n'était pas réel, et qu'il était plutôt le résultat d'une expérimentation des services secrets en vue d'humaniser les personnels de police. Car Rémi était toujours d'humeur égale, il buvait peu, ne fumait plus, rentrait chez lui dès la fin de son travail. Il ne tabassait personne, n'en croquait pas... Bref, il paraissait impossible que Rémi soit un être humain, encore moins un flic.

Un homme descendit de sa moto et poussa la lourde porte de l'immeuble. Rémi attrapa l'appareil photo et prit quelques images en rafale.

— C'est encore lui, dit Mattis en augmentant le volume du récepteur du système d'écoute à distance.

Ils attendirent un moment.

— On y est, fit Mattis, ça parle.

— Qu'est-ce qu'ils disent ?

— Des conneries, l'autre lui raconte qu'il a fait un mauvais trip en regardant *Les Griffes de la nuit* sous acide.

— Tu m'étonnes. Dis, Mattis, si tu pouvais avoir l'amabilité de prendre une douche quand il est prévu de travailler en milieu confiné... Tu sens le chien mouillé.

— Ta femme a pris toute l'eau chaude.

— Ha, ha... Sérieusement, quand est-ce que tu nous présentes ta copine ?

— Chut, ils parlent business... On dirait des mecs du Sentier... « Et pourquoi tu me la fais pas moins chère ? Descends à trente et j'en prends plus... Je te jure, je peux pas, je gagne déjà presque rien là-dessus... » Maintenant je les entends sniffer.

— Bien. Et ta copine alors ?

— J'ai pas de copine.

— Tu m'as dit que tu voyais une fille.

— Oui, mais c'est en attendant.

— En attendant quoi ?

— Je sais pas, ne suis pas prêt pour repartir dans une nouvelle histoire, j'ai toujours pas digéré qu'Isabelle se soit tirée.

— Je l'aimais bien, Isabelle.

— C'était plus gérable. La dernière année, pour éviter de se parler on communiquait par textos. Après ça, on a admis qu'il n'y avait plus rien entre nous.

— C'était tout simplement pas la bonne personne.

— Si, justement, c'était la bonne personne… et j'ai foiré.

Ne pouvant le contredire sur ce point, Rémi nettoya l'objectif de son appareil photo avec le bas de sa chemise pour être sûr qu'aucune poussière ne viendrait altérer le piqué de ses prochains clichés.

— Ça y est, le deal est conclu, dit Mattis.

L'homme à la moto ressortit quelques minutes plus tard.

Mattis retira son casque audio.

— Ça me fait toujours mal au cœur de les laisser se débiner quand je les sais chargés.

— « Remonter la filière » a dit le chef.

Ils attendirent la relève tout en écoutant à la radio des chroniqueurs improviser sans grand talent sur des sujets de société.

À peine revenus de leur mission de surveillance, le commissaire Borsatti les convoqua pour débriefer la journée dans le local technique transformé depuis peu et faute de place, en salle de travail. Malgré la température frisant les moins cinq degrés à l'extérieur, ils durent ouvrir une fenêtre pour soulager la pièce d'une odeur persistante d'ammoniaque provenant des produits de nettoyage encore entreposés dans un coin. Rémi s'occupa de repositionner les photos des différents suspects en les piquant à l'aide de punaises sur un immense tableau en liège.

— À ce stade de la planque, dit-il, nous avons déjà identifié un client grâce à l'expert numérique qui a passé nos photos dans son logiciel de reconnaissance faciale. Il s'agit du type à la moto, José Cuervos, un petit gars de la cité Gagarine, à Ivry, déjà condamné pour violences volontaires. D'après nos écoutes, on pense que Cuervos alimente sa cité, mais on ne sait pas encore à quel niveau il se situe : coursier, dealer, big boss ?

Borsatti s'assit sur une table et prit son air de grand manitou. Une de ses jambes exécutait des allers-retours dans le vide, tel le balancier d'une pendule. Il sortit une barre énergétique de la poche de sa veste et croqua dedans, tout en fixant le groupe de cinq lieutenants de police frigorifiés sur leurs chaises.

Mattis soupira. Loin de lui, des gens profitaient de la vie... Allongés sur des transats, ils caressaient les cuisses brûlantes d'une créature de rêve. La sienne était un échec, bientôt il serait vieux avec une retraite minable...

— Primo, dit Borsatti, il faut éclaircir le rôle de ce José Cuervos. Vous savez combien il est difficile d'établir une planque dans ces endroits, il nous faut donc des gars sur le terrain. Mattis, tu vas t'en occuper, je sens que t'as envie de bitumer. Traîne dans la cité, fais-toi passer pour un client, et récolte-moi des infos.

Les types du ministère menacent de m'envoyer chez les Ch'tis si je n'améliore pas le taux d'élucidation.

Le petit groupe hocha la tête comme un seul homme. Borsatti fit l'impasse sur le secundo et congédia tout le monde.

Le suspect se tenait avachi sur sa chaise, les jambes allongées. Il avait gardé sa capuche sur la tête et observait le lieutenant d'un air goguenard.

Mattis consulta le rapport de police posé sur son bureau, il indiquait que le jeune homme en face de lui avait soulagé un adolescent de son portable après l'avoir copieusement tabassé sous les yeux de sa petite amie.

— Du travail de pro, tu as réussi à fracasser le nez d'un gars qui ne demandait rien à personne, à traumatiser sa copine, tout ça pour un téléphone portable.

— Un iPhone à six cents euros.

— Et alors ? Pousse quelques caisses pendant un mois et tu pourras te le payer. Tu connais le tarif, vol avec violence – et je sens qu'il y a de la récidive dans l'air – ça va te mener dans les…

— C'est pas grave, je regarderai la télé avec mes potes.

Mattis soupira, il connaissait par cœur ce genre de lascar, une de ces petites frappes arrogantes, prêtes à commettre le pire pour ne pas avoir à se lever avant midi et pouvoir se pavaner dans sa cité tout en portant des fringues de marque. La psychologie ne fonctionnait pas avec ce type de spécimen car, selon Mattis, ça faisait trop longtemps que le cerveau n'était plus alimenté. Ces types-là ne respectaient rien ni personne, le trou noir social dans lequel on les avait plongés suffisait à transformer les moins dociles d'entre eux en petits démons irrécupérables.

Mattis se leva, son ventre ne cessait pas de gargouiller, ce qui le perturbait dans son interrogatoire.

— C'est marrant, dit-il, mais il suffit de discuter cinq minutes avec toi pour deviner ce qui t'attend les trente prochaines années.

— Ouais, je serai pété de thune et je me la coulerai douce au soleil.

— Ça, c'est ce que ta cervelle de lombric te fait croire. Mais moi je peux t'assurer que tu vas avoir une vie de merde… Et que quand tu t'en rendras compte, il sera déjà trop tard. Il faudra payer tes traites, nourrir tes gosses, supporter ta femme.

— Z'êtes malade, j'veux pas de gosse.

— T'en auras quand même. Tu feras comme tout le monde, parce que vous êtes tous pareils, avec l'âge vous vous ramollissez, vous prenez du bide et vous avez du mal à vous sortir du canapé. Tu peux me croire, moi aussi je suis passé par là.

À cet instant Rémi entra.

— Qu'est-ce qui se passe ici ?

— Un petit cours d'éducation civique.

— T'as terminé ?

Rémi détacha le prévenu et demanda à un gardien de la paix de l'accompagner en cellule de garde à vue.

— Rassure-moi, Franck, tu l'as pas cogné ?

— Je n'ai jamais cogné un gosse, juste quelques claques par-ci par-là quand ils sont vraiment trop insolents.

— N'importe quoi… Je regarde mes mails et je te paie un verre.

Rémi fit un signe au serveur pendant que Mattis

promenait son regard dans la salle. Le bar était bondé, un tintement de cloche venait d'annoncer le début de l'happy hour et chacun en profitait pour s'imbiber deux fois plus vite. Au comptoir, les femmes en tailleur levaient le coude à la même cadence que les hommes et s'esclaffaient à la moindre blague de leurs compagnons de beuverie. Cet endroit était pathétique et c'était ce qui plaisait à Mattis. Au moins, ici, il se sentait parmi les siens. Tous feignaient d'avoir une vie formidable alors qu'en vérité chacun pourrissait de l'intérieur…

Il se tourna vers Rémi.

— Je ne sais pas ce qui m'a pris de vouloir être flic. Les gens se défonceront et se tueront jusqu'à la fin des temps et on n'y peut rien.

— D'accord, mais au moins on peut limiter la casse.

Mattis vida son demi et tapa le cul de son verre contre le zinc du comptoir comme s'il venait de prendre une décision importante.

— Je crois bien que je vais me saouler.

— Et ça va t'apporter quoi ?

Mattis agita sa main en direction du barman.

— L'oubli. Bon, maintenant, arrête de faire ton père la morale, c'est déprimant. Si t'étais à ma place, tu ferais pareil. Dis-moi, t'es marié depuis combien de temps ?

— Quinze ans.

— Comment tu fais ?

— Je reste attentif.

— T'es un veinard.

— Ouais, je le vois comme ça aussi. Mais faut pas t'inquiéter, Franck, tu vas finir par te trouver une bonne petite. Essaie de la prendre comme toi, alcoolique, torturée et négligeant sa toilette intime…

Ils sortirent du bar deux heures et sept demis plus tard.

— Je vais avoir envie de pisser dans le RER, lâcha Rémi.

— Quelle idée d'aller vivre en banlieue… Tu vas pas me laisser tomber maintenant ! Je ne suis pas encore mûr…

— Ma femme s'inquiéterait, je suis désolé. Et puis j'ai mon compte. Toi aussi tu devrais rentrer chez toi, une petite branlette et au dodo.

Ils s'embrassèrent, et Rémi s'engouffra dans une bouche de métro.

Avant de poursuivre sa soirée, Mattis passa chez lui prendre une douche. Il ne supportait pas de sentir l'odeur de sa journée de travail sur lui quand il avait décidé de se changer les idées.

Depuis qu'il était flic, il avait eu le temps de s'habituer aux scènes violentes, que ce soit un junkie étouffé par son vomi, une femme poignardée à mort, ou une petite vieille pourrissant sur son lit depuis plus de deux mois. Ça faisait partie du boulot, il suffisait d'interdire au cerveau toute spéculation émotionnelle si on voulait en sortir indemne. Pour ne pas avoir su se protéger, plus d'un flic avait choisi de prendre une retraite anticipée à l'aide de son arme de service.

Mattis, lui, tenait encore à la vie – même s'il commençait à être à court d'arguments – alors il chassait ses idées noires à coups d'alcool fort ou d'axiomes à la Bruce Willis. Mais à force de traîner dans des endroits sordides et de fréquenter des voyous, il s'était mis peu à peu à muer, à oublier les raisons qui l'avaient poussé à faire ce métier. Et il avait suffi de quelques années de terrain pour que son enthousiasme et ses certitudes volent en éclats.

Il commença par enfiler une chemise blanche qu'il laissa déborder sur son jean, ramena ses cheveux en arrière et appliqua un peu de gel du bout des doigts. Il se servit ensuite un grand verre de whisky tout en écoutant la voix rugueuse et tourmentée de Tom Waits. Enfin, il renifla ce qu'il lui restait de coke sur le plan de travail de sa cuisine américaine. S'estimant assez défoncé, il enfila son blouson et sortit.

Accoudé au comptoir d'un bar à hôtesses de la rue Fontaine dans le quartier de Pigalle, Mattis discutait avec le patron, Rico, un type maigrelet au crâne dégarni qui faisait plus penser à un employé de bureau souffreteux qu'à un voyou gérant un commerce de charmes. Perchées sur leur tabouret de bar, deux filles en tenue estivale guettaient l'arrivée d'un client tout en échangeant des recettes de cuisine.

— C'est la crise, se plaignit Rico. Les gens préfèrent boire chez eux et mater du porno sur YouTube.

Mattis opina du chef, il n'avait jamais vu Rico satisfait de son sort, ce qui ne l'empêchait pourtant pas de rouler en Porsche et de porter une monstrueuse Rolex au poignet.

Vers 11 heures, Mattis débuta sa nuit de poker en compagnie de trois autres hommes. Le bar disposait d'une arrière-salle servant occasionnellement à des parties de cartes clandestines, Mattis y avait ses habitudes, et aussi, une grosse ardoise. Mais il revenait jouer, à chaque fois, dans l'espoir de se refaire et d'effacer sa dette.

Les jetons multicolores s'étaient empilés au milieu

de la table jusqu'à former une pyramide incongrue. Tout le monde s'était couché hormis Mattis et un dénommé Toro, surnom qu'on lui avait attribué depuis qu'il avait supprimé un gêneur en l'étranglant d'une seule main. Ce qui lui avait valu six années de prison qu'il avait mises à profit pour cultiver sa misanthropie.

C'était à Mattis de parler. Il ne quittait pas son jeu des yeux, et plus précisément son roi de pique, sa meilleure carte. Il y avait cinq mille euros posés sur la table, et il était trop tard pour abandonner. Il devait aller jusqu'au bout de son bluff, tel Phil Ivey face à Paul Jackson, au tournoi de « Monte Carlo Millions » en 2005. Il avait réussi l'exploit d'empocher plus d'un million et demi de dollars avec une reine seulement.

Mais Mattis n'avait aucune science des cartes et ses tentatives de décryptage du jeu de l'adversaire s'avéraient souvent désastreuses. Il avala une gorgée de son whisky noyé d'eau et relança d'un jeton de 100 euros tout en ordonnant, par transmission de pensée, à Toro de se coucher et de lui laisser empocher le magot. Toro, sans doute peu sensible à la télépathie, gardait son air imperturbable de bovin en phase de digestion. Il suivit, pour voir, puis tira une grosse bouffée de son cigarillo et l'expulsa en direction du plafond. Les volutes bleues stagnèrent un instant sous la lumière de la lampe avant de se dissiper.

— C'est une belle somme. Je savais pas que t'avais été augmenté.

La petite assemblée qui s'était formée autour de la table s'esclaffa.

— Va falloir que tu demandes une rallonge, lâcha Toro.

Il abattit ses cartes.

— Brelan de dames. Je te préviens, je prends pas les chèques.

Tandis que des mains sorties de l'ombre tambourinaient affectueusement les épaules de Toro, Mattis eut l'impression qu'un petit plaisantin venait de lui renverser une bassine d'eau glacée sur la tête.

— Je te règle la semaine prochaine. Rico se porte garant, pas vrai ?

— Si tu le dis, répondit Rico en fixant Mattis d'un drôle d'air.

Toro mâchouilla son cigarillo avant de l'écraser dans le cendrier.

— Tu sais, Mattis, je ne fais crédit qu'une fois. Après, plus de retour possible.

— Je sais, Toro, ta réputation te précède.

— Ouais, et c'est pas parce que t'es flic…

Mattis se leva, il traversa la salle, tout étonné que ses jambes le suivent. Il avait envie d'être au fond d'un bois et de hurler comme une bête sauvage.

Rico le suivit sur le trottoir et lui attrapa le poignet.

— Comment tu vas faire ? Tu dois dans les quinze mille et je crois que maintenant ça suffit, il faut que tu passes à la caisse.

— Écoute…

— Non, j'écoute plus ! Je n'avance plus rien, démerde-toi avec Toro.

Mattis descendit la rue Fontaine en se disant qu'ils pouvaient bien tous aller se faire foutre. Il n'avait pas un rond et ne voyait pas comment se procurer une telle somme en si peu de temps. Une fois chez lui il commença à réfléchir avec plus de lucidité. Dans une semaine il serait sur la sellette et il savait que ces types étaient capables de tout, même de s'attaquer à ses proches. Et l'une des seules personnes qui acceptait encore de rester proche de lui en ce moment était Lucas, son fils. Il devait trouver l'argent, ou tout du moins une partie pour les faire patienter…

Vers midi, il fut réveillé par l'essai de la sirène d'alerte des pompiers. Il en déduisit qu'on était le premier mercredi du mois et que le chef Borsatti devait faire les cent pas devant son bureau.

Il se leva, traversa le couloir en s'appuyant contre le mur et atteignit la douche. Il classa son mal de tête dans le top trois de ses gueules de bois. L'eau projetée sur son corps ne lui était d'aucun secours, quelque chose cognait sans fatigue à l'intérieur de sa boîte crânienne. Il sortit de la cabine et fixa une serviette autour de sa taille, puis, anxieux de ce qu'il allait découvrir, il passa le plat de sa main sur la glace de la salle de bains pour en chasser la buée. Ses yeux n'étaient plus que deux petites fentes rougies et douloureuses, le teint de sa peau luisait et virait à l'orange. Néanmoins, il ressemblait à ce qu'il était : un homme récemment divorcé, rongé de ne plus voir son fils et un flic inopérant et alcoolique qui ne bouclait plus aucune enquête depuis plus d'un an.

Une montée de bile le fit vomir dans le lavabo.

Il attendit une dizaine de minutes, les fesses posées sur le rebord de la baignoire, que son malaise s'estompe, puis avala trois Ibuprofène et retourna dans sa chambre. Il décrocha une chemise froissée de sa penderie tout en se jurant mollement de ne plus jamais boire d'alcool, en tout cas plus de whisky, ou pas après minuit.

Chapitre 2

Chaque jeudi soir, Serge venait jouer aux échecs dans le seul café de son quartier qui restait encore ouvert après 22 heures. Hamid, un grand type au visage émacié, lui servait de partenaire. Serge ne voulait pas savoir comment un homme d'à peine trente ans arrivait à gagner sa vie tout en restant assis au comptoir devant un verre de thé à la menthe du matin au soir. Cependant il avait son idée, car Hamid connaissait toujours l'ami d'un ami qui souhaitait se séparer de son ordinateur ou de son téléphone portable…

Hamid recula sa dame de trois cases pour la mettre à l'abri.

– Qu'est-ce que tu espérais avec ce coup ? demanda Serge.

Hamid triturait une tour – son unique prise – entre ses doigts.

— J'ai ma stratégie.

— Si c'est la même que pour te trouver un boulot, j'ai rien à craindre.

Serge agita sa main vers la serveuse.

— Tu me remets un petit café, Janis ?

La jeune femme hocha la tête et lui apporta un expresso brûlant.

— Merci, dit-il tout en adoptant le timbre de voix mielleux qu'il lui dédiait spécialement.

Hamid remarqua son changement d'intonation.

— Je croyais que tu détestais tout le monde !

— C'est toujours d'actualité, mais Janis est un être à part, elle est d'essence divine.

Serge s'empara du dernier pion qui pouvait encore freiner sa progression, puis, au coup par coup, à l'aide de sa reine et de son fou, il accula le roi noir d'Hamid dans un coin de l'échiquier.

— Échec et mat ! jubila-t-il. Rappelle-moi la dernière fois que tu m'as battu ?

— Je ne t'ai jamais battu.

Serge approuva en hochant la tête. Il remit les pièces et le plateau dans le coffret de rangement.

— N'oublie pas mon petit complément retraite…

Hamid se leva et balança un billet de cinq euros sur la table. Il rejoignit ensuite un petit groupe qui disputait une partie de tarot au fond de la salle.

Le bar s'était vidé. Il ne restait plus que les habitués, des types de tout âge, de toute condition sociale, réunis autour du comptoir le plus souvent pour retarder le moment où ils devraient rentrer chez eux et auraient à en découdre avec leur femme ou leur solitude. L'ensemble formait une petite famille d'éclopés refaisant le monde chacun à sa manière, buvant jusqu'à la fermeture, multipliant les ardoises et les lendemains qui déchantent.

Observer Janis était l'une des occupations favorites de Serge. Il aimait suivre du regard le ballottement métronomique de ses seins quand elle traversait la salle pour aller servir un client, même si ce n'était pas le genre de fille que l'on trouvait sublime au premier regard… Il fallait insister, se familiariser avec les particularités de son visage jusqu'au moment où il se révélait et laissait s'exprimer toute sa grâce.

Elle vint s'asseoir en face de lui, posa une bouteille de vin blanc et deux verres ballon sur la table. Sa longue chevelure brune encadrait de grands yeux noir réglisse.

— Je nous offre un verre, dit-elle en faisant le service.

Elle avala le sien d'un trait tout en esquissant une légère grimace.

— Ce n'est pas le vin de l'année mais au moins ça réchauffe… Il n'y a personne ce soir, je m'endors.

Elle repoussa ses cheveux derrière ses oreilles.

— Alors, c'est comment la retraite ?

— Lent.

Elle remplit à nouveau son verre.

— Tu fais quoi de tes journées ?

Serge détestait que le sujet d'une conversation glisse sur lui, il n'avait rien à dire, respirer était son niveau maximum d'activité. Mais en face de Janis, il en allait autrement, il y avait chez cette fille un appétit de vivre communicatif, une candeur déconcertante… Avec elle, il se sentait comme un vieux moteur poussiéreux reprenant miraculeusement vie après un tour de manivelle.

— J'accomplis tout ce que le travail m'empêchait de faire avant, je me cultive, je me promène, je lis, je rêvasse…

Serge avait omis de préciser qu'il s'emmerdait beaucoup aussi, mais il avait jugé inopportun d'en faire état. À son âge il pouvait bien se permettre de broder un peu: les jeunes s'imaginaient qu'avec le temps les vieux acquéraient une certaine forme de sagesse, alors qu'en réalité la plupart devenaient plutôt aigris et conservateurs.

— C'est bien d'avoir du temps.

— À condition de savoir le remplir.

D'ailleurs, certains retraités étaient passés maître en la matière, se retint-il d'ajouter. Il fallait les voir créer de micro-embouteillages dans les files d'attente des commerces, à force de bavarder avec la caissière ou la boulangère, sous l'œil exaspéré des autres clients. Car tout était prétexte à ces petites discussions informelles qu'ils s'efforçaient de faire durer le plus longtemps possible, sous peine de se retrouver trop tôt chez eux, à ne plus savoir quoi faire… Leurs journées étaient un trou sans fin qu'il fallait absolument combler, en attendant d'y loger, pour de bon…

Mais Serge ne manifestait pas la même empathie: s'adresser à ses contemporains le gonflait. Le silence, la solitude, étaient des états qui ne le dérangeaient pas, il ne se sentait en bonne compagnie qu'avec lui-même. Cela ne l'empêchait pas d'avoir des crises d'angoisse certains soirs au moment de se coucher – car comme tout le monde, il avait peur de la mort – mais d'un autre côté, il devait l'avouer, la vie lui paraissait le plus souvent assommante et dénuée de sens.

— Quel âge tu as ?

La question faillit lui faire recracher son vin. C'était bien la dernière chose dont il voulait parler. Car dès que Janis obtiendrait la réponse, le charme serait rompu, elle utiliserait sans doute une formule de politesse pour évacuer le malaise puis s'en irait à une autre table se chercher un mec de son siècle...

— Soixante-deux, chuchota Serge, comme si la faiblesse de son intonation avait le quelconque pouvoir de le faire rajeunir.

— Tu ne les fais pas.

Et voilà ! La politesse tombait, même si, à bien y regarder, Janis semblait sincère.

Serge reprit une gorgée de vin, tout en sachant que cela lui vaudrait des crampes d'estomac, plus tard dans la soirée.

— Je me maintiens, assura-t-il.

Évidemment, la vérité était tout autre. Il ne se passait pas un jour sans qu'il ressente une douleur quelque part entre le bout de ses orteils et le sommet de son crâne. Rien de handicapant foncièrement, juste des petits bobos à répétition lui rappelant sa vulnérabilité croissante. Ça débutait au réveil par une humiliante absence d'érection – même si dans ce cas la souffrance n'était que morale – couplée à un blocage de dos tenace. Une fois debout, il devait composer avec toute une série de craquements osseux qui se produisaient à chaque fois qu'il sollicitait une de ses articulations. Il se rendait ensuite dans la cuisine pour avaler un grand bol de café noir dont les propriétés diurétiques lui permettaient de pallier les déficiences de son transit intestinal. Ce n'était qu'après la douche qu'il commençait à se sentir lui-même, prêt à affronter une journée de plus.

— À vingt ans j'avais un corps mais pas de tête, maintenant, à soixante-deux ans, la tendance s'est inversée...

— La maturité a du bon.

— Possible, mais elle arrive un peu tard.

La lumière tamisée du bar associée à la voix veloutée de Janis lui faisait l'effet d'une couverture chaude posée sur ses jambes. Il allait procéder à une critique acerbe du gouvernement et du montant ridiculement bas de sa retraite quand Janis se leva subitement et regagna le bar. Un grand type brun, à la carrure assez large, venait d'entrer. Il portait un blouson de cuir rembourré aux coudes et aux épaules, tenait un casque de moto à la main, une barbe de trois jours pigmentait son visage. Il se dirigea vers Janis et l'embrassa sur la bouche, par-dessus le comptoir. Cet échange plongea Serge dans un état de profonde mélancolie, le ramenant brusquement à sa condition de vieux cénobite.

L'homme, qui avait tout l'air d'une petite brute asociale, envoya un regard de chien d'attaque dans sa direction. Serge, psychologue, détourna les yeux.

— Je t'attends dehors, dit le type à Janis.

Elle termina la petite vaisselle en silence, puis récupéra sa veste en jean et prévint son patron. Juste avant de franchir la porte elle se retourna vers Serge et lui adressa une moue navrée.

Serge sortit du bar peu après. Il remonta la rue tout en essayant de chasser les drôles d'idées qui lui venaient à l'esprit. Il fallait l'avouer, cette fille lui faisait du bien, beaucoup de bien. Mais comment un homme de son âge pouvait-il espérer séduire une jeune femme de vingt-deux ans ? Cela n'avait aucun sens : la société ne voulait pas de vieux, un vieux ça dérange, ça freine la marche du monde, ça claque son fric sans rien produire, ça ne pige rien aux nouvelles technologies et ça ne parle que de maladies ou de chanteurs morts…

Serge poussa la grille de son pavillon et monta directement dans sa chambre. Il se déshabilla, enfila son pyjama, alla brosser ses dents. Après s'être rincé la bouche, il s'examina dans la glace de la salle de bains. Ce n'était pas lui, le vrai Serge. En tout cas celui qui logeait dans un coin de sa tête, n'avait rien à voir avec ce vieux schnock désabusé, végétant à l'écart du monde. Le vrai Serge avait quarante ans, le vrai Serge voulait boire, baiser et vivre sans entraves. Il observa son visage : sa peau se distendait comme un masque de cire dégoulinant sous l'effet de la chaleur, son regard n'avait plus l'éclat ironique d'il y a vingt ans, ses oreilles – non contentes de ne plus entendre correctement – s'étaient mises à produire des poils drus et blancs, ses cheveux jaunissaient, se clairsemaient et devenaient filasse. Il avait du mal à l'admettre mais il ne ressemblait plus à rien.

D'ailleurs, à bien y réfléchir, sa vie n'avait été qu'une succession de moments merdiques qui s'étaient abattus sur lui depuis l'enfance. Ça avait commencé avec son père, rentrant chaque soir un peu plus épuisé par son travail d'ouvrier à la chaîne à l'usine Renault de Billancourt. Il s'asseyait dans son fauteuil, attrapait sa bouteille de calva et commençait à se saouler méthodiquement, sans décrocher un mot de la soirée. De son côté, sa mère se consolait en écoutant la radio ou en récurant les quatre coins de leur petit appartement. Elle subissait les événements sans jamais broncher, comme si son existence ne se résumait qu'à une seule et longue tâche ménagère dont elle devait s'acquitter en silence.

Serge, lui, restait planqué dans sa chambre à lire tout ce qui lui passait sous la main. Il possédait une carte de bibliothèque et s'y rendait chaque semaine. Les livres lui apportaient tout ce qui lui faisait défaut dans sa vie, un monde ouvert et sans limites qui l'aidait à supporter la morosité de son quotidien.

Mais un soir la réalité avait rattrapé la fiction quand un policier avait frappé à la porte du domicile familial. Il informa Serge que la voiture de ses parents avait subitement dévié de sa trajectoire et s'était ratatinée contre un chêne. Ses vieux étaient morts sur le coup. À l'annonce de la nouvelle, Serge ne laissa transparaître aucune émotion, il n'éprouva aucune peine, aucun besoin de hurler ou de s'effondrer en larmes. Pour lui, ses parents étaient déjà morts depuis longtemps. Il se demanda juste si son père n'avait pas sciemment envoyé la voiture dans le décor. Peut-être avait-il décidé en secret d'en finir et d'emmener sa femme dans l'au-delà, sans lui demander son avis, une fois de plus.

Quand il les vit pour la dernière fois, à la morgue,

il les trouva en forme, si on peut dire : leurs visages semblaient s'être enfin débarrassés de ce rictus mélancolique qu'ils avaient affiché toute leur vie durant, quelles que soient les circonstances. C'était un 14 septembre. Une semaine plus tard il eut dix-huit ans et devança l'appel.

Il fit son service militaire dans la marine. Le bateau qui mouillait en cale sèche dans le port de Toulon ne devait jamais voir la mer, et Serge passa une année à boire sa solde dans les rades peu fréquentables du petit Chicago en compagnie d'autres conscrits tout aussi paumés que lui. À son retour, après avoir eu la désagréable impression de s'être fait extorquer un an de sa vie, il additionna différents jobs alimentaires jusqu'à ce qu'il trouve un emploi stable dans une compagnie d'assurances. Son job consistait à réclamer des justificatifs, des compléments de dossier, des photos de biens brûlés ou volés à des clients malchanceux. Il fallait aussi compter avec les mauvais repas à la cantine de l'entreprise et les conversations imbéciles des collègues simulant la joie de vivre même s'ils ne couchaient plus avec leur femme et que leur progéniture ne leur adressait plus la parole. Au bout du compte, le seul avantage qu'il retirait de son travail était que la concentration nécessaire à l'exécution de ses tâches l'empêchait de penser, et donc de souffrir.

Il rencontra sa future épouse, Cécile, à une soirée entre amis. Il fut attiré par le brasillement particulier que ses yeux émettaient quand elle souriait, même s'il fut plus fasciné dans un premier temps par sa poitrine lourde et généreuse. Mais séduire une femme ne rentrait pas dans son champ de compétences et il lui fallut quatre whiskys bien tassés avant de trouver le courage d'aller l'aborder. Quant au reste de la soirée, seule sa future femme s'en souvint.

Ils se marièrent trois mois plus tard, discrètement, à la campagne. Ils voulaient des enfants, et vite. Serge rêvait d'avoir un fils pour se projeter en lui. À l'inverse de ses parents, il lui donnerait de la tendresse, le conseillerait, lui tracerait des perspectives… Mais sa femme fit une grossesse extra-utérine et ils laissèrent tomber l'idée d'avoir des gosses.

Ensuite, les années défilèrent sans qu'il puisse en différencier une seule. Une vie médiocre, rythmée par les transports, le travail, les repas, la télé et le silence. Deux névroses concubines attendant sagement la mort. Et puis un soir, le destin remit ça. En rentrant du boulot, Serge découvrit sa femme étendue sur la moquette. De la bave suintait de la commissure de ses lèvres et son regard s'était vidé de toute expression. L'autopsie révéla une rupture d'anévrisme.

On la brûla sur une chanson de Frank Sinatra.

Et Serge reprit son quotidien, mis à part qu'il devait se taper la bouffe et le ménage en plus. Jusqu'à cinquante ans il avait cru que quelque chose allait lui arriver, quelque chose qui le sortirait de sa routine, mais rien ne s'était produit et il avait fini par admettre qu'il en serait ainsi jusqu'à la fin.

Il se coucha.

Janis était sur lui, elle allait et venait en gémissant tandis qu'il pétrissait sa poitrine…

Serge stoppa net sa séance de masturbation et alluma sa lampe de chevet. Il ne voulait pas d'une Janis fantasmée, pas cette fois.

Chapitre 3

Le milieu du mois de novembre était glacial, on venait de passer à l'heure d'hiver et la nuit vous tombait dessus dès la sortie des bureaux. Les services de la ville commençaient déjà à installer les décorations de Noël au sommet des lampadaires, des peintres élaboraient des fresques à la craie liquide sur les vitrines des commerçants, les fleuristes laissaient déborder de leurs boutiques des grappes de sapins sur les trottoirs tandis que des pères Noël factices se retrouvaient suspendus aux balcons des immeubles.

D'habitude, Serge détestait cette période. Tous ces préparatifs, c'était bon pour ceux qui avaient des enfants ou une famille, et lui ne possédait ni l'un ni l'autre. Du coup il passait les fêtes enfermé chez lui avec pour seule compagnie une pile de bouquins et quelques bouteilles de bordeaux. Mais ce jour-là, il se sentait d'humeur différente, limite joviale. Sa discussion de la veille avec la petite Janis lui avait comme injecté un sang nouveau. Après tout, il était toujours vivant, aucune maladie mortelle ne se profilait à l'horizon – tout du moins c'est ce qu'il supposait car il n'avait pas fait de contrôle médical depuis la mort de sa femme. Il devait arrêter de se dévaloriser ou de se morfondre sur sa situation, il pouvait encore espérer un peu de bon temps. Janis avait raison, c'était un avantage d'être un homme mature, cela permettait de prendre du recul, de la hauteur même...

Serge prit une douche plus longue que d'habitude puis effectua, non sans mal, une dizaine de tractions sur le carrelage de sa salle de bains. Il termina en s'épilant les poils qui tentaient d'établir une jonction entre ses deux sourcils. Il occupa sa journée entre jeu d'échec sur Internet et un bon vieux bouquin de Jim Harrison qu'il relisait pour la quatrième fois. Mais un coin de son esprit restait fixé sur cette fille, ce qui l'empêcha de remporter la moindre partie et d'apprécier pleinement la prose de son écrivain préféré. Finalement, il décida d'aller s'aérer un peu. Avant cela il retourna dans la salle de bains et s'aspergea copieusement le torse avec un fond de flacon d'*Eau sauvage* qui traînait depuis plusieurs années déjà dans l'armoire de toilette.

Le ciel était bas et gris, l'air frais et désagréablement humide. Serge remonta la rue. Dans sa tête tournait en boucle le refrain stupide mais addictif d'une chanson entendue dix minutes plus tôt à la radio. Au bout d'une centaine de mètres, il s'attarda devant la vitrine d'une bijouterie. Un sautoir en pierres d'ambre avait attiré son attention, même si le prix – 180 euros – lui paraissait être largement au-dessus de ses moyens.

Je n'ai aucune arrière-pensée, se dit-il avant d'entrer. Je veux juste que Janis continue à me parler et à me sourire.

La jeune vendeuse, qui portait une jupe beaucoup trop courte pour la saison, décrocha le collier du présentoir en forme de buste féminin et l'étala sur un petit tapis en velours bleu.

— C'est pour votre dame ? demanda-t-elle avec un accent méridional.

— Ma femme est morte, répondit Serge d'un ton détaché.

Il adora l'effet provoqué. Déstabilisée, la jeune femme baissa les yeux en signe de repentance.

— En fait, reprit Serge, c'est pour quelqu'un de votre âge.

La fille reprit des couleurs.

— Désirez-vous que je l'essaye sur moi pour que vous puissiez vous faire une idée ?

— Je ne préfère pas.

La vendeuse se demanda si elle avait commis un nouvel impair. Par précaution, elle rebaissa la tête et fixa le bout de ses chaussures.

Serge eut droit à un joli paquet cadeau, ainsi qu'une remise de cinq pour cent, sans doute pour honorer la mémoire de sa femme.

Il marcha ensuite une autre centaine de mètres, puis entra sans réfléchir dans un salon de coiffure. En temps normal il ne mettait jamais les pieds dans ce genre d'endroit : devoir subir une conversation stéréotypée face à un miroir était pour lui quelque chose d'insurmontable, il préférait se raser la tête tous les trois mois d'un coup de tondeuse, quitte à passer pour un adepte du Troisième Reich.

Une jeune fille au maquillage aussi épais qu'un millefeuille l'installa sur un gros fauteuil en simili cuir. Serge demanda si elle pouvait tenter quelque chose sur ses cheveux. La fille souleva quelques mèches entre ses doigts tout en poussant des « hmm » perplexes. Puis elle proposa de faire un dégradé tout en gardant la nuque un peu plus longue. Serge acquiesça. Par chance, la fille n'était pas très causante et il put écouler les vingt minutes suivantes à imaginer la tête que ferait Janis quand il lui offrirait le collier.

Quand la coiffeuse lui tendit le miroir, Serge pensa immédiatement à un trucage, ou à une distorsion de la réalité. Le type qui lui faisait face était un jeune homme d'à peine cinquante ans. Il se trouvait presque beau. Il sortit. Sa nuque le démangeait un peu, mais il devait bien avouer que la coiffeuse avait fait des miracles. Serge fit quelques mètres en souriant comme s'il venait d'être médaillé aux Jeux olympiques. Il avait même l'impression que les femmes qu'il croisait lui portaient une attention particulière. De plus en plus enthousiaste, il se reluqua une dernière fois dans la vitrine d'une boulangerie avant d'aller rejoindre Janis à son travail. Son plan était de déposer son cadeau sur le comptoir et de guetter sa réaction.

Les clients s'étaient regroupés au fond de la salle, devant le téléviseur, pour suivre un quart de finale de la Ligue des champions de football. Chacun y allait de son commentaire sur le jeu court et fluide des Barcelonais. Serge, qui d'habitude ne ratait pas un match, alla se poster au bout du comptoir, dos à l'écran. Janis passait un torchon sur le zinc déjà rutilant d'un air absent, elle le salua d'un bref hochement de tête. Il la vit s'envoyer des doubles babys de whisky au doseur tout en s'assurant du coin de l'œil que son patron, planté lui aussi devant le match, ne la remarquait pas.

Serge finit par commander une bière.

— Quelque chose qui ne va pas ? demanda-t-il.

Les yeux de Janis étaient rouges et troubles. Elle arrivait à peine à contenir ses larmes.

— Ça va passer, c'est juste… C'est juste que je ne peux plus continuer…

— Tu parles de ton travail ?

— Non… de mon mec.

— Le type au casque de moto ?

— Oui… celui-là même.

Elle renifla un grand coup et considéra Serge avec une telle intensité qu'il ne put soutenir son regard et dut détourner les yeux vers la mousse de son demi pression. Puis, pour se donner une contenance, il se passa la main dans ses nouveaux cheveux.

Janis s'assit sur le tabouret de bar en face de la caisse enregistreuse.

— Quand j'étais au lycée, lâcha-t-elle, je n'avais pas d'amis, je n'arrivais pas à m'intégrer dans un groupe. J'avais déjà dans l'idée de quitter l'école, de gagner ma liberté. J'ai eu très tôt le goût de l'indépendance, c'est ma mère qui me l'a inculqué après que mon père soit parti.

Elle s'arrêta un instant et fixa l'entrée du bar avec anxiété.

— Tu as des nouvelles de lui ? demanda Serge.

— Je reçois une carte de temps en temps, il passe ses vieux jours avec une petite jeune au bord d'une piscine.

— Le saint homme…

— Si on veut… Après nous avoir quittés, il a gagné pas mal d'argent en rénovant des maisons dans le New Jersey avant d'aller s'installer au Québec. Ma mère a dû se débrouiller toute seule, pas évident avec juste son salaire d'instit'. Chaque soir, elle me prenait à témoin pour refaire le procès de mon père, et même si moi aussi je lui en voulais, c'était quand même mon papa… T'as des enfants toi ?

— Je n'ai pas eu cette chance.

Janis donna une petite tape sur la main de Serge.

Malgré la furtivité du contact entre leurs peaux, il se crut transporté sur le toit du mont Olympe.

Elle poursuivit :

— Alors je suis partie vivre chez une copine, mais j'ai vite compris que ma liberté était toute relative. Je n'avais pas d'argent, pas de travail, je ne savais pas quoi faire… Et puis j'ai rencontré José. J'étais assise à une table, dans un café. Lui se tenait debout au comptoir et me regardait depuis un moment, il ne me quittait pas des yeux. Je trouvais ça grossier, mais d'un autre côté… il était beau.

Serge acquiesça, les gens beaux s'en sortaient toujours mieux.

— Il est venu s'asseoir à ma table, et il m'a parlé comme si je lui appartenais déjà. Il me faisait presque peur… mais j'étais fascinée. Et voilà comment ça a commencé… Je te saoule avec mes histoires, non ?

— Pas du tout, continue.

Elle jeta un œil vers le fond de la salle et se versa un whisky.

— Tu veux une autre bière ?

Serge opina du chef. Sa main gauche tripotait l'emballage de son cadeau à l'intérieur de la poche de son blouson.

Janis fit gicler un peu de mousse de la tireuse et inclina le verre au-dessous du bec verseur.

— Deux semaines après je vivais chez lui, j'avais trouvé le grand amour, j'étais sauvée… Enfin… c'est ce que je croyais…

Serge avala une longue gorgée, comme pour freiner ce qui allait suivre.

— Et puis… C'était un soir, pour une histoire de cendrier mal nettoyé. Il s'est mis dans une colère noire, il m'a dit des choses horribles, disproportionnées, je ne comprenais pas, je n'arrêtais pas de répéter : « Ce n'est qu'un cendrier… ce n'est qu'un cendrier ! ». Le lendemain il s'est excusé. Mais deux semaines plus tard il a remis ça, pour un client que soi-disant j'aurais regardé trop longuement, et là il m'a giflée. C'était la première fois qu'un homme me frappait. À partir de cet instant, j'ai commencé à craindre ses réactions, jusqu'à hier soir quand il nous a vus discuter ensemble…

Sa voix se fit chevrotante.

— Il m'a frappée, des coups de poing… au ventre, sur les seins, j'étais devenue une chose à détruire. Je me souviens de son regard, c'était celui d'un dément… Je me suis réfugiée dans la buanderie, j'ai fermé à clef et je me suis appuyée de tout mon poids contre la porte. Il aurait pu tout fracasser s'il avait voulu. Je ne sais pas pourquoi il n'a pas insisté, comme si sa colère était redescendue d'un coup. J'ai attendu qu'il s'en aille ce matin pour oser sortir.

— Je ne comprends pas…

— Il n'y a rien à comprendre, c'est un malade.

— Qu'est-ce que tu comptes faire ?

— Je ne suis pas du genre à supporter les coups en silence. Ce soir, je vais récupérer quelques affaires et aller dormir dans un hôtel genre Formule 1. Je ne veux pas aller chez ma mère, il serait capable de venir me chercher. Il y a juste un problème… je n'ai pas de voiture…

— La mienne roule encore.

Janis posa à nouveau sa main sur celle de Serge, sans la retirer, cette fois.

— Tu ferais ça ? Écoute, chaque mardi soir José va trafiquer je ne sais quoi avec son frère. Il ne rentre jamais avant deux ou trois heures du matin. Ça nous laisse largement le temps…

— J'habite à cinq minutes. Si tu veux, on y va.

— Vraiment ? Tu me sauves la vie. Je préviens mon patron.

Serge attendit dehors. D'un coup, il venait de comprendre le principe de la lévitation. Malgré le souffle du vent glacé qui bourdonnait dans son dos, il ne sentait plus son corps. D'évidence, les signes s'additionnaient : les regards, les contacts de sa main, et maintenant le covoiturage. Tout concourait à pousser Janis dans ses bras, s'emballa-t-il. Et cela sans même avoir eu besoin de lui offrir le collier.

Ils marchèrent jusqu'à son domicile. Serge désigna de l'index son pavillon.

— C'est bien d'avoir une maison, commenta Janis.

— Attends-moi ici, je vais chercher les clés de la voiture.

Il se dépêcha de récupérer son trousseau suspendu à une patère dans le couloir de l'entrée, tout en laissant germer l'idée d'inviter Janis à dormir chez lui.

Ils montèrent dans sa Twingo qui avoisinait les deux cent mille kilomètres au compteur et traversèrent Montrouge pour se diriger vers la cité Gagarine d'Ivry. Serge conduisait d'une main, il pouvait se le permettre, quarante années de permis et pas un accrochage... C'était l'histoire de sa vie, jamais un écart de conduite, une longue autoroute du sans souci... Par moments, il jetait un coup d'œil à sa passagère qui restait silencieuse, la tête appuyée contre la vitre. Elle devait penser à son futur immédiat. Il n'annonçait rien de rassurant. Et même si les raisons ne manquaient pas, comment pouvait-on frapper une femme ? Pour sa part il avait toujours rejeté toute forme de violence, sans pouvoir déterminer toutefois si cela relevait d'une conviction personnelle ou plus vraisemblablement de la peur de se battre.

Serge et Janis pénétrèrent dans la cité. Devant la succession de ralentisseurs Serge se mit à rouler au pas pour ne pas achever ce qui lui restait d'amortisseurs. Des barres d'immeubles se dressaient tels d'énormes monolithes rectangulaires, leurs volumes dégageaient une impression de puissance, mais aussi de bizarrerie, comme si leur mise à l'échelle avait été faussée délibérément par un architecte un peu farceur. Serge suivit les indications de Janis et gara sa Twingo devant une tour. Trois jeunes glandaient devant l'entrée en tirant sur leurs clopes, engoncés dans d'épaisses parkas noires, la tête auréolée par la fourrure synthétique de leurs capuches, les faisant ressembler à des Inuits délocalisés. Janis leur fit un signe de la main.

Ils entrèrent dans le hall désert de l'immeuble et prirent l'ascenseur. Les parois intérieures de la cabine étaient recouvertes de tags dont le contenu émettait des doutes sur la virilité des forces de Police ou conseillait à ces dernières de pratiquer une activité sexuelle en compagnie de leur mère.

Serge et Janis montèrent au septième. La main de Janis trembla un peu quand elle ouvrit la porte de l'appartement. La décoration était de style minimaliste : un canapé, une table basse et un immense écran plasma accroché au mur comme un tableau de maître. Janis sortit un grand sac de sport d'une armoire coulissante, puis se dirigea vers la chambre.

Serge inspecta les lieux. Sur la porte du frigo il y avait des photos de Janis et de son petit cogneur de femme maintenues par des plots magnétiques rouges. On les découvrait, souriants, cadrés au plus près, les cheveux battus par le vent. Au-dessus de la table en faux pin de la cuisine était punaisée l'affiche du film *Scarface*. On y voyait un Al Pacino ombrageux tenir un pistolet au bout de son bras ballant, sur un fond noir et blanc. Cette évocation criminalistique ne fut pas pour rassurer Serge qui commençait à sentir poindre un picotement désagréable au creux de son estomac.

Il ouvrit les placards suspendus de la cuisine à la

recherche de quelque chose à boire et tomba sur une bouteille de bourbon Four Roses à moitié entamée. Il se servit un verre, histoire de se donner un peu de courage au cas où l'adepte de Tony Montana débarquerait subitement. L'alcool lui remua les tripes, il n'avait rien mangé depuis le matin. C'est alors qu'il avisa une boîte en fer de petits sablés bretons traînant à côté de la cafetière à dosettes. L'image imprimée sur le couvercle représentait deux Bigoudens traversant un champ d'artichauts sous un ciel radieux. Serge aurait préféré une bonne tranche de fromage posée sur du pain mais l'urgence était de se remplir le ventre s'il ne voulait pas être tiraillé par la faim toute la soirée.

Il souleva le couvercle et poussa un juron à la vue de ce que contenait la boîte. En lieu et place des biscuits, rutilait un pistolet neuf millimètres accompagné d'une boîte de cartouches.

Serge resta un moment à fixer l'arme. Décidément, tout ce qu'il vivait depuis trois heures défiait l'entendement : une jeunesse retrouvée, une chouette fille dans sa voiture, et maintenant, ce flingue dans une boîte de gâteaux…

Il saisit l'arme, la soupesa, examina le chargeur. Il était plein. Il repensa à ses classes, on lui avait mis dans les mains un pistolet-mitrailleur MAT 49 le jour de son unique séance d'entraînement au tir. Puis, sous l'œil des gradés, inquiets de voir des couillons de dix-huit ans manipuler une arme pouvant cracher vingt munitions à la seconde, il avait tiré sur une cible distante de plusieurs centaines de mètres. Mais, surpris par la puissance du MAT et par son recul, sa rafale s'était perdue dans la dune de sable. Il gardait néanmoins en mémoire cette sensation malsaine de domination qu'il avait alors éprouvée. Avec un tel objet en sa possession… on pouvait changer le monde, avait-il pensé bêtement.

Serge entendit claquer une porte. Sans vraiment comprendre le sens de son geste, il planqua le pistolet dans son dos, entre sa chemise et son pantalon, puis enfouit la boîte de cartouches dans sa poche avant.

Janis apparut.

— J'emporte juste l'essentiel, je préfère ne pas traîner.

— Comme tu voudras. Allons-y !

Ils reprirent l'ascenseur. Serge n'était pas fâché de quitter les lieux. Il profita de la promiscuité de la cabine pour s'emplir discrètement les poumons de l'odeur de Janis. De sa vie, il n'avait jamais rien inspiré de meilleur.

Il ignorait encore que le pire y serait associé.

Chapitre 4

Planté au milieu du salon, Sammy souriait béatement. L'intérieur de sa bouche laissait apparaître une dentition ravagée par la fumette, les bagarres, mais surtout une absence flagrante d'hygiène bucco-dentaire.

— Qu'est-ce que tu fous avec ton blouson sur le dos ? T'as un train à prendre ? Assieds-toi, ordonna Carlos.

Sammy s'exécuta et décapsula une bière avec le cul de son briquet tout en essayant de décrypter les paroles d'un rappeur sortant de la chaîne Hi-Fi. Le chanteur décrivait ses coïts de fin de soirée en compagnie de « chaudasses », c'était son mot.

Vautrés sur le canapé, Carlos et José disputaient une course de bagnoles virtuelle à l'aide de volants en plastique sans fil.

Carlos poussa un « YES » triomphal en franchissant la ligne d'arrivée le premier.

— Encore perdu, frérot, dit-il. Tu coupes pas assez tes virages...

Carlos éteignit la télé et étira ses jambes pour desserrer l'étreinte de son jean, puis, à l'aide de sa carte gold, il élabora de fines zébrures parallèles à partir du sachet de poudre dont il venait de renverser le contenu sur un vieil exemplaire du magazine *Auto moto*. Carlos appréciait de pouvoir se défoncer jusqu'à l'inconscience une fois la flambée du week-end passée. C'était la seule nuit de congé – comme il avait l'habitude de dire – qu'il s'octroyait de la semaine. Tout le reste de son temps était dévolu au développement de son business.

Car sous ses airs nonchalants, Carlos était plutôt du genre hyperactif et violent. Depuis la maternelle, il avait toujours réglé ses différends, même les plus minimes, par une avalanche de coups. Par la force il avait imprimé sa loi, jusqu'à ce que ses mauvais résultats scolaires lui fassent définitivement quitter l'école. Ses parents, qui le craignaient tout autant que le reste de la cité, le laissèrent gérer sa vie comme il l'entendait. Carlos commença alors par faire ses classes dans la revente de barrettes de shit. Pour cela, il fit le ménage autour de lui en dérouillant quiconque s'opposait à sa petite entreprise.

Mais depuis peu, les cartels d'Amérique du Sud inondaient le marché européen de cocaïne – celui des États-Unis étant déjà saturé. Il s'était aperçu bien vite que le commerce de la poudre pouvait s'avérer beaucoup plus lucratif que celui du cannabis. Ambitieux mais prudent, il attendit de nouer des contacts fiables et de connaître toutes les subtilités du marché avant de monter sa propre filière. Car dans ce monde, les règlements de comptes, les arnaques, les luttes de territoire nécessitaient une hargne et un sang-froid sans pareils. Heureusement pour lui, Carlos possédait ce profil, il ne pensait jamais aux conséquences possibles de ses actes. Ce qui lui importait c'était d'atteindre son but le plus directement possible.

Il commença donc par se fournir chez un semi-grossiste du 14e arrondissement. Les bénéfices récoltés furent réinvestis au coup par coup dans l'achat de plus grosses quantités, jusqu'au jour où il put recruter des jeunes de la cité et les faire travailler pour son compte. José, son frère, s'occupait de récupérer la came tandis que ses « soldats » la revendaient une fois coupée et conditionnée.

Carlos blanchissait les dividendes obtenus par le biais de différents bureaux de change situés dans Paris. Il lui suffisait de verser de substantielles commissions aux guichetiers pour que ces derniers ferment les yeux sur la fréquence et le volume de ses transactions. Avec cet argent redevenu propre, il investissait ensuite en rachetant, entre autres, des appartements à l'office HLM de sa cité qu'il relouait à ses petites mains à des prix défiant toute concurrence. C'était son idée, sa marque de fabrique, ne pas se disperser, n'impliquer qu'un nombre limité de personnes, et surtout, ne pas quitter la cité. C'était sa terre, son bitume natal dont il était le seigneur intouchable.

Mais Carlos avait aussi besoin de donner un sens moral à sa vie, il se sentait investi d'une mission, un peu comme ces acteurs de cinéma multimillionnaires qui s'engagent pour des causes humanitaires ou qui créent des fondations en faveur des enfants maltraités. Alors, chaque dimanche, des gens du quartier venaient lui rendre visite. Il y avait toujours un caddie à remplir, un retard de loyer à régler, une échéance à rembourser, ou une voiture à réparer.

Sammy jouait le rôle du factotum. Il fallait bien lister les demandes, prendre les rendez-vous, préparer les enveloppes. Depuis une trentaine d'années, il logeait provisoirement chez sa mère dans la tour d'en face, et se tenait à la disposition de Carlos de jour comme de nuit. Carlos avait tout de suite compris ce qu'il pouvait tirer d'un gars comme lui. Sammy était du genre influençable et malléable… Un neurologue expérimenté aurait sans doute diagnostiqué une absence de liaison entre certaines membranes de son cerveau pour expliquer un manque évident de maturité et une vision à très court terme. Mais Sammy restait un bon gars, courageux et fidèle.

José prit une poignée de pistaches dans un bol.

— Tu devrais te faire arranger les chicots, Sammy. On voit que ça.

— J'aime pas les dentistes.

— C'est psycho tout ça, on sent plus rien maintenant. Je te jure, j'arrive plus à te regarder en face, on dirait que tu t'es fait exploser une grenade dans la bouche. T'arriveras jamais à tirer un coup.

— J'ai une vie sexuelle.

— Tu l'entends, Carlos ? Il cause comme l'autre, là, l'intello, BHV… J'ai une vie sexuelle… ! Tu parles de Katia, celle qui fait des pipes pour 10 euros ?

Sammy reposa sa bouteille sur la table du salon.

— Je peux en prendre ? demanda-t-il à Carlos tout en pointant la cocaïne de son index.

D'habitude Sammy s'en tenait à la bière et au shit, mais là, il avait décidé de ne pas se laisser faire et il espérait que la coke l'aiderait à tenir tête à José. Car depuis quelques semaines Sammy avait des projets. Il voulait s'émanciper, prendre sa vie en main.

Un psychanalyste chevronné aurait sans doute expliqué qu'il existait une corrélation entre sa volonté de changement et l'émission de télé qu'il suivait depuis près d'un mois. On y narrait la transformation éclair d'une racaille de banlieue en un jeune homme droit et respectable. Les multiples coachs se succédaient dans l'optique de lui inculquer de nouveaux éléments de langage, de corriger sa tenue vestimentaire, ou sa façon de se comporter en société.

Sammy y avait vu comme un signe du destin. Ce jeune type c'était lui... D'ailleurs, suite à la diffusion du troisième volet de l'émission, il avait annoncé à sa mère qu'il comptait prendre une location dans les plus brefs délais, preuve qu'une révolution intra-psychique était en cours...

— Tu te crois mieux que les autres ? C'est ça ? lança-t-il à l'adresse de José.

Sammy fut lui-même surpris de ce qu'il venait de dire. C'était le genre de réplique qui d'ordinaire ne quittait jamais son cerveau.

José resta silencieux, ce qui n'était pas bon signe. Finalement il éclata de rire.

— Tu fais ton bonhomme maintenant ?

Sammy sentit qu'il devait tenir bon, c'était son

moment. Il imagina son coach personnel lui prodiguer des signes d'encouragement derrière lui.

— Moi au moins je cogne pas sur les filles, fit-il, frondeur, tout en ne pouvant s'empêcher de courber l'échine.

José attrapa une tranche de saucisson et en déchiqueta le boyau avec les dents.

— Qui t'a raconté ça ?

— Personne, des rumeurs qui courent.

Subitement, Sammy aurait donné n'importe quoi pour rembobiner les vingt secondes qui venaient de passer et les effacer à jamais.

José fit craquer les jointures de ses mains. L'image du visage de Sammy l'implorant de ne pas le précipiter du toit de son immeuble se dressait devant lui.

Carlos observait la scène en silence, un rictus condescendant s'était formé au coin de sa lèvre. Comme s'il avait deviné ce vers quoi tendaient les songes de José, le cœur de Sammy se mit à tambouriner violemment contre sa cage thoracique... Il n'avait pas envie de mourir, mais il était hors de question de revenir à son ancienne personnalité. Son coach leva son pouce en signe d'approbation.

— Je veux qu'on me respecte, dit-il d'un ton sec et sûr de lui.

— Mais on te respecte, Sammy, dit Carlos avant d'aspirer d'un gros coup de narine sa troisième ligne. Il a raison, continua-t-il, le respect c'est la base.

Sammy n'oubliait pas qu'à maintes occasions Carlos ne s'était pas gêné pas pour le rabaisser, mais il vit en lui un soutien de poids et hocha la tête.

— Tu ne vas pas défendre ce taré ! éructa José.

— Hé, mollo là ! On est chez moi ici. Et chez moi

on se tient bien... Je dis simplement que Sammy a droit à notre considération.

Carlos ne l'avait dit à personne, mais lui aussi avait vu l'émission. Et certains passages l'avaient inspiré. Un chef devait, en plus de son éloquence naturelle, posséder un vocabulaire assez fourni pour augmenter son aura auprès de ses subalternes.

— Ça y est, tu t'y mets toi aussi, à parler comme un prof ! remarqua José.

— Voilà, et le prof vous dit de fermer vos gueules, fit Carlos, qui sur ce coup-là ne trouva pas le terme approprié.

José répondit par un grognement et enfila son blouson. Le désaveu de son frère l'avait profondément vexé et il valait mieux qu'il parte avant de se transformer en tsunami incontrôlable.

Il sortit de l'appartement sans un mot. Il avait dans l'idée de rentrer chez lui et d'attendre Janis. Il voulait s'excuser de l'avoir malmenée la veille et se disait qu'un bon joint arrosé de vodka aiderait à recoller les morceaux. José parcourut à pied les deux cents mètres qui le séparaient de chez lui tout en contemplant mentalement les restes de Sammy qui venait de chuter du neuvième étage. Il lui restait cinquante mètres à faire quand il aperçut Janis sortir du hall de l'immeuble et jeter un de ses sacs de sport dans le coffre d'une voiture, avant de s'engouffrer à l'intérieur en compagnie d'un homme.

José courut jusqu'à sa moto qu'il parquait juste devant son immeuble, une Suzuki GSX 1340 R Hayabusa rouge, capable d'atteindre les trois cents kilomètres à l'heure depuis qu'il l'avait fait débrider.

Il rattrapa la voiture de Serge en deux courtes accélérations. Il dut se concentrer pour contenir sa rage et ne pas précipiter sa moto contre leur véhicule. Il décida de les filer jusqu'à leur destination.

Serge suivit les indications de Janis et se dirigea vers un hôtel Formule 1 situé en bordure de l'autoroute A6.

— Tu peux venir chez moi si tu veux, dit-il tout en essayant d'adopter un ton détaché.

— C'est gentil, mais tu en as déjà beaucoup fait.

— Je ne vais pas te laisser dormir dans ce dortoir… Et comment tu feras si tu ne peux plus retourner au bar ? Y'a assez de place chez moi, ça pourra te dépanner le temps que tu y voies plus clair…

Janis dévisagea Serge comme si elle cherchait à savoir ce qui se tramait dans sa tête.

— J'avoue que j'ai pas trop envie de me retrouver seule ce soir… je ne veux pas t'encombrer…

Serge se contenta de sourire et changea de direction.

Une fois entrés, Janis défit son sac et Serge en profita pour planquer l'arme et la boîte de munitions dans un tiroir de la commode en chêne de sa mère, derrière le service à couverts en argent dont il ne se servait jamais. La majorité de ses meubles provenait de chez ses parents et il n'avait pas jugé bon d'en changer malgré les supplications de sa femme. Car, même s'il ne voyait en eux que des géniteurs, c'était sa façon à lui de les honorer : il n'avait pas pu les aimer, alors il conservait leur mobilier. Il savait que c'était un peu tordu comme mea-culpa, mais il n'avait pas trouvé mieux.

Janis apparut dans la lumière flavescente du salon. Serge prit le temps de la regarder. Il ne plaisantait pas au bistrot tout à l'heure, cette fille était vraiment d'essence divine…

Il examina la tranche de ses CD empilés en un équilibre instable, à même le carrelage. Il opta pour une musique intergénérationnelle et démarra une compilation des plus grands succès d'Aretha Franklin. Puis, pendant que Janis parcourait des yeux le contenu de sa bibliothèque, il se rendit dans la cuisine à la recherche d'une bouteille de vin. Il dégota un Saint-émilion qu'il avait laissé vieillir sous l'évier. Janis souriait. Elle s'était attaché les cheveux en arrière à l'aide d'un chouchou noir, une grosse mèche sur laquelle elle soufflait de temps en temps barrait une partie de son front. Ils trinquèrent tandis que la voix d'Aretha Franklin demandait, elle aussi, du respect.

Serge essayait de paraître à l'aise mais il n'arrivait pas à chasser de sa tête que rien ne pourrait combler leur différence d'âge, c'était comme une paroi de verre infrangible dressée entre eux. Il restait persuadé que Janis allait s'en rendre compte d'une minute à l'autre et le renvoyer à ses marottes de retraité.

Il remplit à nouveau les verres tout en cherchant un sujet de conversation. Malgré toute son érudition il ne trouvait rien à dire d'original.

— Tu verras, c'est tranquille ici. Reste le temps que tu veux, finit-il par lâcher.

— Je ne voudrais pas abuser.

— Je sais que c'est pas ton genre. Tu peux prendre la chambre d'ami. Demain, on ira faire des courses.

— Je te préviens, je ne suis pas très douée en cuisine, répondit Janis.

— On devrait s'entendre alors.

Elle posa son verre. Son regard avait encore changé, il était devenu grave, comme si quelque chose était en train de se nouer. Troublé, Serge se leva pour faire diversion. Il ne se souvenait pas avoir jamais été considéré de cette façon par une femme.

— Je vais aller nous chercher des petits amuse-gueules.

Dans la cuisine, il tenta d'ordonner ses pensées tout en vidant un sachet de cacahuètes grillées dans une coupelle. Il énuméra en silence les gestes à faire : revenir dans le salon, s'asseoir à côté d'elle, poser sa main sur sa cuisse, se pencher, l'embrasser.

Autant traverser la Manche à cloche-pied…

Il ferma les yeux quelques secondes, pareil à un sportif de haut niveau se préparant à exécuter un geste technique délicat, puis la rejoignit, sa coupelle de cacahuètes à la main.

Janis s'était resservi du vin, et se roulait une cigarette au-dessus de la table basse. Serge s'assit à ses côtés. Elle ne se décala pas, de sorte que leurs jambes se trouvèrent collées l'une contre l'autre. Après cinq secondes de flottement, Serge lui demanda si elle aimait lire. Il n'avait pas envie de parler littérature mais tous les moyens étaient bons pour différer une éventuelle tentative d'approche. Il se sentait pareil à une main qui se tend désespérément vers le dernier barreau d'une échelle sans jamais pouvoir s'y accrocher. Putain de cérébral ! Il attrapa la bouteille de vin avec la ferme intention de se saouler.

Soudain, plusieurs coups mats résonnèrent dans la maison.

Les sons provenaient de la porte d'entrée. Serge répertoria les possibles visiteurs : ses compagnons de bar ne connaissaient pas son adresse, ses voisins, tout comme lui, étaient froids et distants, et il ne lui paraissait pas crédible non plus qu'un représentant en assurance complémentaire ou un recruteur des témoins de Jéhovah vienne le déranger à cette heure-ci.

Il regarda Janis tout en essayant de dissimuler son malaise.

— Je vais voir, dit-il sans réussir à maîtriser parfaitement l'inquiétude que trahissait l'intonation de sa voix.

Il ouvrit partiellement la porte tout en ayant pris soin d'engager l'entrebâilleur de sécurité. Quand il vit la tête de José, il comprit que les ennuis allaient commencer.

— Dis à Janis de se ramener, lança José, les cheveux encore dressés à la verticale par son trajet à moto.

Serge essaya de prendre une voix aussi virile que possible.

— On se connaît ?

José remplaça son sourire par un rictus menaçant.

— Te fatigue pas, le vieux. Je vous ai suivis jusqu'ici.

Serge serra les dents.

— Il vaut mieux que tu dégages avant que j'appelle la police.

Serge pensait que ce genre d'argument ferait mouche. En général, personne n'avait envie de se retrouver à discuter avec un flic passé 22 heures. Mais c'était mal connaître le mode de fonctionnement de

José. En un éclair, il envoya un violent coup de pied contre la porte entrouverte, les fixations de l'entrebâilleur cédèrent et Serge tomba à la renverse. Il avait installé lui-même ce système pour pallier l'absence d'œilleton mais, apparemment, les concepteurs avaient mal évalué les capacités de la voûte plantaire d'un type déterminé.

Vu du sol, José paraissait beaucoup plus grand, et pour ne rien arranger, il avait sorti de la poche de son blouson un énorme poignard.

— Lève-toi ! hurla-t-il.

Serge obtempéra, il se releva et retourna dans le salon.

Janis s'était recroquevillée sur le canapé. Les traits de son visage s'étaient déformés comme une feuille de papier que l'on vient de froisser.

Serge évalua la situation, il paraissait évident qu'il ne prendrait jamais le dessus dans un combat au corps à corps. José était un solide gaillard tout en muscles qui devait avoir une certaine expérience de la castagne, domaine dans lequel Serge ne possédait aucune compétence… Sa dernière bagarre remontait à plus de vingt ans lorsqu'un soir, à la sortie d'un bar, après une soirée bien arrosée, un inconnu l'avait traité de « petite fiotte ». Il se souvenait encore des coups reçus, du sang dans sa bouche et de la honte qu'il avait éprouvée de ne pas s'être imposé.

— J'arrive pas à y croire, tu te tapes un vieux ? ironisa José.

— C'est un ami, chuchota Janis.

— Tu vas prendre ta veste et on va aller s'expliquer à l'appartement.

Soumise, Janis baissa la tête et se pencha pour enfiler ses tennis.

Une fois de plus, Serge se retrouvait otage de sa peur, incapable d'agir selon ses convictions ou d'influer sur le cours de sa propre existence. Mais il croisa le regard terrifié de Janis et comprit qu'il devait tenter quelque chose. Il ne s'était pas traîné jusqu'à soixante-deux ans pour se laisser griller la place par un morveux, aussi costaud soit-il. Il respira lentement pour essayer de canaliser ses émotions et faire redescendre son rythme cardiaque. Au bout de quelques secondes, le tremblement de ses mains s'atténua et il se sentit revenir à lui-même.

Il recula pas à pas, à la manière d'un funambule, tandis que José regardait Janis faire ses lacets. La jambe de Serge buta sur la commode. Il positionna sa main dans son dos, attrapa la poignée en vieux laiton et fit coulisser lentement le tiroir qui contenait le pistolet. José ne faisait pas attention à lui, persuadé que sa grosse voix de bulldog suffisait à maîtriser la situation.

Serge respira encore un coup et saisit l'arme. Il pointa le pistolet en criant :

— Jette-moi cette lame !

José se retourna, son regard ne s'était pas transformé comme Serge l'avait espéré... Il ne manifestait aucune surprise, aucune peur, Serge aurait pu le menacer avec un balai de ménagère, le résultat aurait été le même.

— Éloigne-toi d'elle, dit-il sur un ton plus neutre.

José se mit à sourire et avança d'un pas.

— Mais on dirait bien mon flingue... T'as décidé de te servir dans mes affaires ? Écoute-moi le vieux, on va pas faire d'histoires. T'as plus l'âge de jouer les héros.

Serge sentit son index se raidir sur la détente, il voulait juste que ce type s'en aille. Il se tourna vers Janis, chercha dans son regard une réponse, mais elle ne bougeait pas, tétanisée par la situation.

Soudain, José, profitant de la seconde de distraction, se jeta sur lui. Serge pressa la détente mais dans sa fébrilité, il avait oublié d'actionner la culasse, de sorte qu'aucune balle n'était engagée dans la chambre. Ils roulèrent tous les deux sur le parquet. Serge se retrouva sur le dos, chevauché par José s'apprêtant à lui marteler la face à coups de poing. Mais c'est à ce moment-là que quelque chose se produisit, quelque chose qui venait de surgir du tréfonds de son être, cette irrésistible pulsion de vie qu'un homme peut soudain ressentir lorsqu'il se retrouve confronté à une mort possible. Son cerveau se débrancha, et ce fut comme l'éruption d'un geyser, l'espace d'un instant il retrouva le ressort physique de ses vingt ans, ce qui lui permit de se dégager momentanément de l'étreinte de José.

Une fois libre de ses mouvements, il se propulsa derrière le canapé en effectuant une cabriole approximative le mettant à bonne distance du jeune excité. Il se retourna, se remit d'aplomb et sans trembler, fit jouer la culasse d'un coup sec, tandis que José tentait un plaquage désespéré. Serge ferma les yeux et tira. Le bruit de la détonation résonna dans toute la pièce. Le corps de José fut stoppé net dans son élan, il resta immobile un instant, comme suspendu… Sa bouche s'entrouvrit mais aucun son n'en sortit. Et il s'écroula lourdement sur le sol.

Janis poussa un cri.

Serge s'approcha, l'arme pendante et fumante au bout de sa main droite. Il observa José étendu sur le dos. Ses yeux étaient ouverts, marquant un étonnement quasi enfantin. Le sang commençait à se répandre sur le parquet. Serge posa le pistolet sur la commode, sa main recommençait à trembler. Janis n'avait pas bougé, elle le regardait comme s'il venait de tuer quelqu'un... Il s'approcha d'elle, dénoua ses bras et la serra fort contre lui. Ils restèrent de longues secondes ainsi, puis Serge saisit sa tête entre ses mains et l'embrassa. Il força sa bouche pour y glisser sa langue puis bascula Janis sur le dos, lui releva son pull et retroussa sa jupe. Il déboucla sa ceinture, ses jambes moulinèrent un temps pour se défaire de son pantalon. Il retira la culotte de Janis, passa sa main sur son sexe tout en continuant à l'embrasser dans la nuque. Alors Serge la pénétra en grognant et entama une série de violents va-et-vient.

Ils jouirent ensemble trois minutes plus tard.

Chapitre 5

L'odeur de la poudre traînait encore dans la pièce.

— Va te reposer dans la chambre, dit Serge qui ne tenait pas à ce que Janis assiste aux opérations post mortem.

Elle traversa le salon, nue, ses fringues pressées contre sa poitrine. Un instant, Serge contempla ce contraste saisissant d'une jeune femme pleine de vie enjambant la mort sur la pointe des pieds.

Il se rhabilla et partit chercher de quoi transporter le cadavre. En passant dans le couloir, il ne put s'empêcher de s'arrêter devant la glace fixée au-dessus du meuble à chaussures. Il constata qu'une lueur inhabituelle, qu'il avait du mal à identifier, venait d'apparaître dans son regard.

Il se rendit dans son ancien garage transformé en espace de stockage. Il déplaça un tas de bidules qui ne lui étaient plus d'aucune utilité mais dont il n'arrivait pas à se défaire, jusqu'au moment où il tomba sur une bâche en polyéthylène soigneusement pliée. Il se munit également d'un gros rouleau de gaffer noir et enfila ses vieux gants de jardin. Il remonta dans le salon. Il fouilla José, tout en évitant de croiser son regard éteint, et préleva de ses poches un portefeuille, un jeu de clefs et un téléphone portable qu'il regroupa dans un sac de congélation transparent.

Malgré ces précautions, Serge se doutait bien qu'une visite de la police scientifique l'enverrait sûrement au trou pour le restant de ses jours : du sang avait sans doute été projeté sur les murs, le sol et les meubles du salon, et même après un nettoyage complet de la pièce il suffirait d'une pulvérisation de luminol pour faire apparaître des traces indétectables à l'œil nu. Mais tant que la police ne découvrirait pas le corps, il n'y aurait pas de crime… Et les flics ne déclencheraient probablement pas d'investigations poussées, juste pour retrouver un petit voyou de banlieue. Déjà qu'ils avaient du mal à coincer ceux déjà identifiés…

Rassuré par ses propres déductions, il fit passer sa bâche sous le corps de José et en fit plusieurs fois le tour afin d'obtenir un paquet compact et transportable. Puis il déchira entre ses dents de larges bandes de ruban adhésif qu'il appliqua à intervalles réguliers pour maintenir le tout.

Il remonta ensuite dans la cuisine se faire du café. Il but sa tasse assis sur la table, tout en réfléchissant à ce qu'il allait faire de José. Il n'envisageait pas de le balancer par-dessus la rambarde d'un pont ou de le découper sur place au couteau à pain. Malgré le mépris que lui inspirait ce genre d'individu, il lui semblait normal que José puisse quand même disposer d'une sépulture digne de ce nom.

Serge versa une lichette de whisky dans son café, histoire d'en accélérer l'effet psychotrope. Requinqué, il traîna le corps jusqu'à la porte d'entrée puis retourna dans son garage pour s'équiper. Il se saisit d'abord d'une pelle américaine à moitié rouillée qui était suspendue par la poignée à un crochet fixé au mur. Il ouvrit ensuite sa caisse à outils, plongeant sa main sous la masse des tournevis, et en extirpa une lampe torche qui fonctionnait encore. Il remonta voir si Janis dormait. Elle s'était camouflée sous la couette, seul le bruit sourd de sa respiration signalait sa présence.

Serge sortit et se rendit à sa voiture garée au bout de la rue. Il balança la pelle et la lampe dans le coffre, monta à l'intérieur et vint se positionner en double file devant sa maison. Il retourna chercher José qui gisait dans la pénombre face à la porte d'entrée. Il savait qu'à partir de cet instant il allait devoir agir à découvert et qu'il suffirait d'une voiture ou d'un promeneur noctambule pour compromettre son entreprise.

Il attrapa José par les chevilles et le traîna sur les dalles autobloquantes de son allée de jardin. Une fois arrivé devant la grille d'entrée, il vérifia les deux côtés de la rue, pareil à un piéton qui s'apprête à traverser. Il tira son paquet jusqu'à l'arrière de la voiture, le positionna à la verticale. Ce petit enfoiré avoisinait les quatre-vingts kilos. Il lui fallut encore puiser dans ses forces pour hisser le corps et le faire basculer à l'intérieur du coffre. Enfin, bien que ne croyant à aucune forme de résurrection, il ferma le hayon à clef.

Il roula sur l'autoroute A13 puis A12 en direction de Rambouillet. Il ne pouvait s'empêcher de retenir sa respiration à chaque paire de phares qu'il croisait, mais personne ne semblait se préoccuper du contenu de son coffre. Il sortit au niveau de Montigny-le-Bretonneux et prit la Nationale 10 sur une vingtaine de kilomètres. Il s'engagea ensuite sur la petite route de la Croix Saint-Jacques qui traversait la forêt domaniale de Rambouillet. Après une longue ligne droite, il bifurqua sur un chemin forestier qui s'enfonçait plus avant dans la forêt. Il connaissait le coin pour y avoir passé de nombreux dimanches à se promener avec sa femme. À l'époque, marcher dans les bois était pour eux un bon moyen de chasser les toxines accumulées au travail pendant toute la semaine.

Il s'arrêta quelques centaines de mètres plus loin, coupa le contact et les lumières, et attendit quelques instants que ses yeux s'adaptent à l'obscurité. Le silence des lieux était entrecoupé par les bruissements mystérieux d'animaux invisibles. Serge n'y prêta pas attention, ce n'était pas le moment de laisser travailler son imagination…

Il sortit de la voiture et extirpa le corps de José du coffre. Il passa sa ceinture dans la poignée de sa pelle pour la fixer à sa taille, puis, guidé par le faisceau blanc de sa lampe torche coincée entre ses dents, il quitta le chemin et traîna José vers un coin plus discret. Le corps raclait la terre et le plastique commençait à se déchirer. Malgré le froid, de grosses gouttes de sueur perlaient sur son front. Serge parcourut encore deux cents mètres avant de juger la distance assez éloignée du passage des gardes forestiers et des promeneurs. Il choisit de creuser son trou derrière un gros buisson d'épineux.

Sa gorge était sèche et la paume de ses mains le brûlait. Au bout d'une heure, Serge ressentit comme un vertige, il marqua une pause, mais au moment de reprendre sa pelle il fut saisi par une violente pointe juste au-dessous du poumon droit. Comprenant l'avertissement, il préféra s'en tenir là, et même si la profondeur atteinte ne lui semblait pas suffisante, Serge estima qu'il avait assez abusé de ses capacités pour la soirée, surtout qu'il lui fallait encore tout reboucher et rentrer sur Montrouge.

Il positionna le cadavre de José parallèlement au trou puis le fit basculer dedans en le poussant d'un coup de pied. Tout en reprenant sa respiration, il improvisa un éloge funèbre des plus laconiques, dans lequel il réussit néanmoins à combiner les expressions « paix à son âme » et « petite ordure ».

Sur ces entrefaites, Serge reprit sa pelle et combla sa tombe improvisée. Ses mains étaient de plus en plus douloureuses et chaque pelletée devenait un vrai calvaire. Après une demi-heure supplémentaire de travail, à bout de force, il balança sa dernière motte et tassa la terre en la tapotant avec le dos de sa pelle. Il recouvrit ensuite le tout avec des brassées de feuilles mortes, puis regagna sa voiture, sans se soucier des traces de pas qu'il laissait derrière lui. Sa séance de fossoyage l'avait lessivé, et il n'aspirait plus qu'à une chose : retrouver Janis.

Serge rejoignit la nationale puis l'autoroute en direction de Paris. Son cerveau lui repassa en boucle les images de la soirée durant tout le trajet du retour.

Ce qu'il venait de réaliser durant ces quelques heures dépassait sa propre compréhension. Il pensa à cette phrase de Joseph Conrad dans *Lord Jim* : « Entre le héros et le lâche, il n'y a guère plus que l'épaisseur d'une feuille de papier. »

Le quartier était plongé dans le silence. Il gara sa voiture et rejoignit son pavillon à petites foulées. La perspective de revoir Janis avait gommé toute trace de fatigue. Avant de pénétrer dans la maison, il brancha un tuyau d'arrosage sur l'arrivée d'eau fixée sur le mur extérieur jouxtant son garage, puis nettoya sa pelle et ses chaussures au jet. Il passa ensuite par la véranda, retira ses frusques de tueur débutant, les fourra dans un sac plastique de trente litres, gants et chaussures compris, enfila un vieux jogging et une paire de tennis et sortit sa poubelle sur le trottoir tout en remerciant le ciel que la date de son crime corresponde avec le jour de passage des éboueurs.

Après avoir pris une longue douche chaude, il se brossa les ongles soigneusement pour éliminer la terre qui s'y était incrustée, puis il rejoignit Janis dans la chambre. Un souffle d'air chaud l'accueillit lorsqu'il souleva la couette, il passa son bras par-dessus son épaule, se colla contre ses fesses et fourra sa tête dans sa chevelure, inspirant son odeur comme un plongeur en manque d'oxygène giclant hors de la surface de l'eau.

Chapitre 6

La cafetière fumait sur la table de la cuisine. Janis se tenait appuyée contre le lave-vaisselle et soufflait sur sa tasse. Elle avait enfilé un long tee-shirt blanc qui lui descendait jusqu'à mi-cuisse. Serge était déjà habillé, il se versa du café dans un bol, prit une chaise et s'assit. Janis semblait encore secouée par les événements de la veille, son teint était livide et la sclère de ses yeux injectée de sang.

Elle les leva subitement de sa tasse et regarda Serge avec une âpreté déroutante.

— Qu'est-ce qui t'a pris de lui tirer dessus ?

Serge, qui ne s'attendait pas à une conversation aussi tonique dès le matin, mit quelques secondes avant de réagir.

— Je voulais te protéger, je pouvais pas le laisser

t'emmener… Et j'avais pas la force physique pour l'en empêcher. Tu sais bien qu'il t'aurait dérouillée à mort…

— Mais c'est un meurtre ! s'excita Janis. On dirait que tu t'en rends pas compte, on va aller en prison !

Serge se rendait parfaitement compte des possibles conséquences de son acte, mais… comment avouer qu'il s'en foutait ?

Janis s'était assise à son tour.

— Je ne peux pas vivre avec ça, dit-elle en chuchotant.

Elle marqua une pause puis reprit :

— Qu'est-ce que tu en as fait ?

— Je… je l'ai enterré en forêt, répondit Serge tout en étant lui-même parcouru d'un frisson de par le caractère obscène de sa réponse.

— Oh non… ! soupira-t-elle.

Serge haussa le ton.

— Tu voulais peut-être que je l'expose dans le jardin ? Ressaisis-toi, bon Dieu !

— Tu m'as rendue complice d'un crime !

Serge se leva d'un bond et fit le tour de la table en éructant :

— C'était de la légitime défense ! Je te signale qu'il avait un couteau long comme mon bras. Si j'avais pas tiré il nous aurait fait la peau à tous les deux ! Et puis… j'ai cru lire dans ton regard que tu voulais que je le fasse.

— Tu es cinglé ! J'étais juste terrorisée.

Tout d'un coup, Serge ressentit le besoin d'adopter une conduite rationnelle et se mit à récupérer les miettes dispersées sur la table à l'aide de la paume de sa main.

Il poursuivit :

— Tu vois ! Tu aurais préféré que je te laisse partir avec lui ?

— Je ne sais pas, j'ai peur.

Serge fulminait en silence, il n'avait pas dépassé vingt-quatre heures de vie commune que déjà sa petite amie le traitait de cinglé.

— Sa moto ! s'écria Janis.

— Quoi, sa moto ?

— Il circule toujours avec, et je doute qu'il nous ait suivis à pied.

Serge ne releva pas le trait d'ironie, trop heureux d'échapper momentanément à une séance de thérapie post-traumatique.

— Il faut s'en débarrasser, je vais trouver une solution.

Pour donner moins de prise au vent, Serge s'était courbé sur la moto. Il ne pouvait pas s'empêcher de tester la puissance de la machine en jouant par intermittence avec la poignée de l'accélérateur. Janis suivait derrière avec la vieille Twingo.

Ils quittèrent l'Autoroute A6 et prirent la direction du plateau de Saclay. Depuis quelques années, les champs qui en composaient le paysage avaient été colonisés par une multitude de chantiers. La Région, soutenue par l'État, désirait implanter ici une sorte de *Silicon Valley* à la française en regroupant différents pôles d'excellence. Par ses discussions de comptoir, Serge avait appris qu'une décharge sauvage s'était formée en marge d'un bâtiment en construction et il s'était dit que ce serait un bon endroit pour carboniser une moto.

Ils entrèrent dans la zone par un chemin de terre tracé par le passage incessant de véhicules appartenant à des particuliers ou à des ouvriers travaillant au black et qui venaient se débarrasser ici de leurs gravats pour ne pas avoir à payer de taxe dans une déchetterie officielle. Ils se rapprochèrent de la montagne de détritus : il y avait de quoi faire un vide grenier géant entre les différents appareils électroménagers, les matelas souillés, les bidons d'huile de vidange et les batteries de voiture.

Ils se rendirent au fond de la décharge pour s'abriter d'éventuels regards indiscrets. Serge chercha du combustible pour alimenter son feu. Il aperçut deux palettes de bois à moitié dissimulées sous un amas de pneus usagés. Il se saisit à pleines mains de ceux qui entravaient son chemin et les fit tournoyer comme de gros frisbees pour se dégager le passage. Il traîna ensuite les palettes recouvertes de moisissure vers la moto.

Il dévissa le bouchon du réservoir et fit basculer le deux-roues. L'essence se répandit sur le sol en hoquetant. Il disposa alors les palettes sur la moto, gratta plusieurs allumettes et les jeta sur la nappe d'essence qui s'était formée. Le feu prit aussitôt et dévora tout ce qui se trouvait à sa portée. Serge et Janis reculèrent de quelques pas tandis qu'une épaisse fumée noire se formait au-dessus de la moto. Ils restèrent immobiles quelques instants, fascinés par le spectacle de la crémation.

— Je ne pensais pas que ça brûlerait aussi bien, commenta Janis.

— Le réservoir devait être plein. Déguerpissons maintenant…

Serge prit le volant sur la route du retour. La circulation commençait à se densifier, le flux des gens travaillant en banlieue revenait sur Paris. Quelles qu'en soient les contingences, la vie ne s'arrêtait donc jamais, pensa-t-il. On pouvait tuer un homme et carboniser sa moto, le flux, lui, ne disparaîtrait pas... Il y aurait toujours des gens pour rentrer chez eux, chacun dans son habitacle, bien cloisonné dans ses pensées à court terme... Qu'allait-on manger? Quel était le programme télé? Combien de semaines avant les vacances? Serge en savait quelque chose, il y avait participé pendant plus de quarante ans. Mais maintenant, tout cela était mort! Ouais, mort... et enterré.

Le lendemain, quand Serge arriva dans la cuisine pour prendre son petit déjeuner, Janis remplissait une feuille de calepin au stylo-bille, elle s'interrompait entre deux jets d'écriture pour interroger le plafond du regard tout en suçotant le bout de son Bic.

— Il nous faut des sacs à aspirateur, du sopalin, des éponges à gratter, des lingettes antistatiques...

— Et un peu à manger aussi.

— C'est prévu, dis-moi juste ce que tu n'aimes pas, ce sera plus simple.

— Tout me va, à part le céleri et les abats.

— Bien, de toute façon je suis plutôt viande blanche et légumes verts.

Janis se mit à observer Serge d'un air soucieux.

— Ça n'a aucun rapport mais il faudrait peut-être aussi revoir ton look. Ça fait combien de temps que t'as pas vu une cabine d'essayage? Franchement, Serge, tes fringues elles font un peu... anachroniques.

Serge acquiesça tout en regrettant de s'être

présenté avec son pyjama sur lequel étaient imprimés deux caniches qui s'enfilaient une pinte de bière, accoudés au comptoir d'un bar. Il croisa les bras pour masquer les deux toutous.

— Tu as raison, rien ne vaut le changement.

— Justement, en parlant de ça, on est invités à une soirée demain.

Serge avait compris le message, il allait devoir s'intéresser un minimum à cette espèce en voie d'apparition : la jeunesse... Il faudrait donc qu'il apprenne à faire des fautes d'orthographe, qu'il professe des opinions révolutionnaires, pactise avec les nouvelles technologies, se fasse du mouron pour la planète, qu'il espace ses douches, rallonge ses nuits, écourte ses performances sexuelles, affadisse ses goûts en matière télévisuelle, se remette à fumer, se saoule trois fois par semaine et bousille sa voiture.

Il avala son café et se rendit dans la salle de bains. À peine fut-il entré qu'il crut être l'objet d'un phénomène paranormal : sa serviette, qui d'habitude traînait sur le couvercle du panier à linge sale, était soigneusement pliée et rangée dans la coiffeuse, sous le lavabo. Les traces noires qu'il pensait incrustées à jamais dans l'émail de la baignoire avaient disparu, les robinets en inox, le miroir, le carrelage, chaque élément brillait exagérément, comme dans une publicité.

Après une douche brûlante, il retourna s'habiller dans sa chambre. Là aussi des forces mystérieuses avaient opéré pendant son absence, la housse de couette avait été changée – elle recouvrait le lit sans un pli – tandis qu'un air frais et parfumé embaumait la pièce. Serge ouvrit sa penderie avec précaution, il commençait à se demander si une équipe de tournage n'allait pas en sortir pour le questionner sur ces événements pour le moins étranges. Mais tout allait bien, ses fringues étaient bien là, étalées dans le bordel habituel. Il enfila un pantalon en velours côtelé et un pull noir puis s'étudia devant la glace en pied posée à même la moquette. Janis avait raison, il ressemblait à un type tout droit téléporté des années cinquante.

Ils firent leurs courses au Franprix du coin. Serge se rendit compte pour l'occasion qu'il était devenu la cible de tous les regards, et à voir leurs têtes, les gens du quartier devaient sacrément gamberger sur la teneur de sa relation avec Janis. Mais, ce qui aurait pu être de la gêne ou de la honte pour certains, s'exprimait pour lui par un sentiment de fierté qu'il n'avait aucune envie de dissimuler. Ces gens pouvaient bien penser ce qu'ils voulaient… À partir de maintenant, il comptait bien mener sa vie comme il l'entendait.

Après avoir déballé puis rangé leurs courses, ils ressortirent et prirent le métro en direction du Forum des Halles. Quand il découvrit la réalité du lieu, Serge faillit s'arrêter net, comme un cheval qui refuse l'obstacle. Les escalators déversaient une foule compacte et agressive qui s'engouffrait aussitôt dans un dédale de galeries aussi larges que des pistes d'atterrissage. À l'intersection de chacun des niveaux, des groupes de jeunes racailles hilares fumaient des pétards tout en scrutant les fesses des minettes pas rassurées. On ne pouvait pas faire dix mètres sans tomber sur une boutique arborant des jeans lacérés, vendus 100 euros pièce. Serge s'abstint de faire quelques observations sur le mauvais rapport qualité-prix de ces vêtements, il n'avait qu'une envie, écourter au plus vite cette nouvelle tentative d'immersion en milieu urbain.

300 euros plus tard, il put s'admirer à nouveau dans la glace de sa chambre. Il portait un jean 501 stone washed, et une chemise blanche coupe cintrée avait remplacé son col roulé noir qui était passé directement dans un sac destiné au container du Secours populaire. Ses vieux mocassins achetés en sous-marque avaient eux aussi subi l'intransigeance de Janis – ils avaient rejoint le placard à n'utiliser qu'en dernière extrémité. À leur place, Serge arborait une paire de tennis bicolores du plus bel effet. Certes, il était toujours vieux, mais un vieux de son époque.

Pour fêter sa mutation vestimentaire, ils s'offrirent un petit salé aux lentilles, arrosé de côtes-du-Rhône, dans un petit restaurant de la rue Daguerre, près de la place Denfert-Rochereau.

« Cette fille est un miracle ! » songea Serge en regardant Janis déguster son moelleux au chocolat. Désormais il vivait dans une autre dimension, une dimension qu'il avait passé sa vie à rêver et qui maintenant l'enveloppait tout entier.

Janis fit tourner son verre de cognac.

— Tu crois que les flics peuvent remonter jusqu'à nous ?

Serge aurait souhaité un genre de conversation plus léger pour accompagner son digestif mais il sentait que Janis avait besoin d'être rassurée. Il se pencha vers elle.

— Si une enquête démarre, c'est possible… Mais tu sais, pour l'instant, ce n'est qu'un type qui n'est pas rentré chez lui. Il y a des centaines de gens qui disparaissent chaque année et dans la plupart des cas les recherches se limitent au simple voisinage. Les flics sont débordés, leurs crédits sont faméliques, ils ont à peine de quoi remplir leur réservoir d'essencc.

— Comment tu sais tout ça toi ?

— Je suis très éclectique dans mes lectures.

Il ne précisa pas qu'il avait aussi lu quelque part que le taux d'élucidation d'une affaire dépassait les quatre-vingt-dix pour cent dès qu'il s'agissait d'un homicide.

Profitant de ce que Janis réfléchissait au bien-fondé de ses arguments, Serge sortit la boîte contenant le collier d'ambre et la fit glisser sur la nappe.

— *Quand je lève les yeux vers vous, on dirait que le monde tremble**, dit-il du mieux qu'il put.

Janis retira l'emballage cadeau sans le déchirer. Elle poussa un petit cri suraigu à la vue du collier. Elle dégagea ses cheveux de sa nuque et clipsa le fermoir à l'aveugle.

— Moi qui ne portais que des bijoux de pacotille… Il est magnifique ! Je ne mérite pas toute cette attention…

Serge n'était pas d'accord, mais, pris lui aussi par l'émotion, il garda le silence. Janis se pencha, ferma les yeux et tendit sa bouche.

Serge l'embrassa. Il ne s'attendait vraiment pas à susciter ce genre d'émotion chez une femme… Effectivement, le monde tremblait…

À peine rentrés du restaurant ils se dirigèrent vers la chambre. Janis s'esclaffa lorsqu'elle découvrit Serge en sous-vêtements.

— Je savais bien qu'on avait oublié quelque chose !

*Antonin Artaud

Chapitre 7

Le périphérique était encore bouché. Mattis tua le temps en essayant d'accrocher le regard des conductrices piégées dans le trafic. En vain.

Il arriva avec plus d'une heure de retard à son bureau. Il alluma son ordinateur et consulta ses mails. À en croire les intitulés des messages, on lui offrait la possibilité de se convertir au métier de trader en moins de trente minutes, d'acheter une île déserte aux Bahamas, de partir faire un trek dans les Andes, ou même d'envoyer ses cendres sur orbite. Sans compter toute une colonie de Carla et de Cindy qui lui proposaient de passer une soirée câline moyennant finance. Mais le seul message qui attira vraiment son attention était celui, plus laconique, de sa femme lui rappelant qu'il était encore en retard sur le versement de la pension.

Le chef Borsatti fit irruption en soufflant. Il portait sa tenue de jogging moulante jaune fluo, son visage semblait tout droit sorti d'un four à chaleur tournante. Mattis se demanda quel bienfait on pouvait retirer à aller confronter ses glandes génitales à une température de moins trois degrés.

Borsatti renifla un grand coup.

— Tu sais que je vais courir le marathon ?

— Je ne lis pas la presse sportive.

— Marre-toi, Mattis ! Mais en attendant, j'aimerais bien que tu débutes tes investigations sur ce José Cuervos.

— J'allais y aller, je suis juste passé pour avoir une allonge pour mes frais d'enquête.

— D'accord. Ne flambe pas, t'es censé être un toxico lambda, pas une folle du show-biz.

Depuis que la fille d'une lointaine cousine à lui s'était fait éliminer du casting de la *Nouvelle Star* – les membres du jury ayant fait une analogie surprenante entre sa voix et celle d'un veau – Borsatti ne manquait jamais de glisser, dès qu'il le pouvait, une vacherie sur tous ces corrompus de la télé.

Il soupira et fit demi-tour en direction du couloir.

— Et surtout, n'oublie pas de revenir taper le procès-verbal ! lança-t-il avant de passer la porte.

Mattis observa sa silhouette longiligne se diriger vers son bureau. Il aurait juré que son chef tortillait du cul.

La gueule de bois de Mattis ne cessait d'empirer. Il savait qu'un bon rail de coke réglerait momentanément le problème, mais son fournisseur habituel venait de se faire pincer par une patrouille de la BAC. Cette affaire tombait donc à point nommé. Il quitta le commissariat du 14e arrondissement et s'engouffra dans sa vieille Clio. Il n'était que dix heures du matin, cette journée allait être interminable. Il décida de se rendre au commissariat d'Ivry pour glaner quelques tuyaux sur ce José Cuervos avant de se risquer dans la cité.

Le policier de faction se frictionnait les mains derrière son comptoir. Il conduisit Mattis à l'étage, vers un bureau miteux. Le lieutenant de police Moreau, qui semblait avoir abandonné l'usage du peigne depuis longtemps, tapait un rapport de perquisition à l'aide de ses deux index sur le clavier d'un PC dont le ventilo expirait bruyamment. Il n'avait pas quitté sa parka.

— Les radiateurs n'ont pas été purgés, expliqua-t-il. Et pas un rond sur le budget pour nous acheter un soufflant, c'est la misère…

Mattis se présenta et prit une chaise.

— Je cherche à retrouver un jeune du quartier de la cité Gagarine, un dénommé José Cuervos. Vous avez ça dans vos fichiers ?

Le lieutenant s'alluma une cigarette.

— Obligé de braver la loi pour se réchauffer, dit-il en lançant un clin d'œil à Mattis. Ouais, il est bien connu des services, on le ramène de temps en temps au poste pour l'emmerder parce qu'on l'a jamais tapé en flag, ce petit con.

Mattis sortit à son tour de son paquet souple une cigarette à moitié tordue.

— On est en train de remonter une filière avec mon équipe et il y a de fortes chances que ce type soit impliqué.

— Ça fait quelques jours qu'on l'a pas vu. Il est sans doute parti dépenser son bénef' dans les hôtels de luxe sur la côte. Mais faut pas vous inquiéter, dès qu'il aura plus d'artiche, il remontera ici vendre sa merde.

Mattis se frotta un sourcil.

— J'aurais besoin de l'approcher en douceur.

Moreau arracha une feuille de son éphéméride et y inscrivit un nom.

— Dites que vous venez de la part d'Aziz, c'est un client qu'on a chopé dernièrement. Grand, brun, maigre, frisé.

Mattis se leva.

— Je vous laisse mon portable au cas où vous auriez du nouveau.

— D'accord. Et si vous croisez un chauffagiste, passez-lui les pinces et ramenez-le-moi.

Mattis se rendit dans la cité Gagarine. Il gara sa voiture devant une barre d'immeubles recouverte d'un parement en brique rouge. Cinq jeunes répétaient des pas de hip-hop en face du hall d'entrée. Il se dirigea vers le petit groupe, les deux mains dans les poches pour se donner un côté plus roots.

— Salut, je cherche José, dit-il.

Les jeunes le toisèrent.

— T'es qui toi ? demanda un grand Black aux épaules d'haltérophile qui s'était détaché des autres pour venir à sa rencontre.

— Je cherche du matos.

— Quel genre ?

— Coke. José n'est pas là ?

— D'où tu le connais ?

— Je viens de la part d'Aziz.

— Ouais, je vois qui c'est. On sait pas où est José en ce moment.

— Tu ne pourrais pas me dépanner ?

— Rupture de stock, cousin. J'ai du shit, si tu veux.

Mattis secoua la tête en signe de dénégation.

Le grand costaud se contenta de cracher, signe que la conversation était terminée. Mattis retourna à sa voiture. Impossible de revenir au bureau sans ramener quelques biscottes à Borsatti. Il attendit que les jeunes reprennent leur entraînement pour faire le tour de la barre d'immeubles et entrer par une coursive.

Les inscriptions taguées dans la cage de l'ascenseur laissèrent Mattis de marbre, il assumait sa popularité avec humilité. Une fois devant la porte de l'appartement de José, il sortit son crochet palpeur Dino Navigator qui ne quittait jamais son trousseau de clef. Il lui fallut moins d'une minute pour trouver l'ordre des goupilles à actionner et libérer le pêne.

Il entra, la main posée sur la crosse de son pistolet. C'était l'un de ses dix commandements de flic : toujours s'attendre au pire quand on pénètre dans un lieu inconnu sans y avoir été invité. Il actionna l'interrupteur du salon et constata avec soulagement qu'aucun diable n'était sorti de sa boîte. D'instinct il se dirigea vers une bouteille de Four Roses aux trois quarts entamée qui traînait sur le plan de travail de la cuisine. Il se servit une dose de cheval dans un verre à vin et l'avala en fermant les yeux.

Maintenant il pouvait réfléchir.

Ses yeux opérèrent un panoramique de la pièce. Ils s'arrêtèrent un instant sur une affiche du film *Scarface*. Mattis n'aimait pas la façon qu'avait eue

Brian de Palma de magnifier le parcours sanglant d'une petite frappe. De plus il trouvait le jeu d'Al Pacino trop théâtral : dans chacun de ses films, ce gars donnait toujours l'impression de déclamer du Shakespeare !

Son regard reprit sa rotation, à la recherche d'un indice. Il se doutait bien que José n'avait rien stocké dans son appartement, la paranoïa était le trouble psychique le mieux partagé – à juste titre – chez les dealers.

Il s'installa sur le canapé et alluma l'ordinateur portable posé sur la table basse en verre sécurit. Il fut content d'avoir affaire à un Mac. Avec un PC il se perdait toujours dans les sous-menus... Rien ne valait de jolies petites icônes explicites qui t'envoyaient directement vers l'information recherchée. Il fouina quelques minutes dans le disque dur mais ne trouva aucun fichier ou document qui aurait pu le mettre sur une piste. José s'était offert un ordinateur à deux mille euros et ne s'en servait quasiment pas... Sans doute l'achat compulsif d'un type plein aux as. Mattis se rendit ensuite sur la page d'accueil du moteur de recherche par défaut et consulta les favoris puis l'historique : là encore rien de bien croustillant. Des sites de sport, de ventes privées et de jeux en ligne étaient répertoriés.

Mattis referma le capot tout en essayant de s'ôter de la tête l'idée de fourrer le portable sous son blouson. Il inspecta la salle de bains. Un des gobelets en plastique surplombant le lavabo était vide, comme si quelqu'un avait décidé de ne plus se laver les dents. La visite de la penderie de la chambre confirma ses doutes : il ne restait plus que des vêtements de type masculin. À l'inverse, l'autre placard de la penderie ne contenait plus que des cintres vides. Quelqu'un avait sans doute récemment quitté les lieux…

Mattis allait se diriger vers la bouteille de Bourbon pour se redonner un peu d'inspiration quand une lumière rouge clignotante attira son attention, c'était celle du répondeur téléphonique.

Il appuya sur la touche lecture.

Une voix synthétique indiqua qu'il y avait deux messages laissés à trois jours d'intervalle. Dans le premier on entendait un homme s'agacer derrière le combiné.

— Tu peux me dire ce que tu fous ?

Suivi d'un bip strident.

Dans le second message, l'intonation avait changé, on percevait de l'inquiétude.

— C'est encore moi. T'es en galère ? Tu crois que le business va se faire tout seul ? Et ta pouffe ? Elle peut pas répondre ?

Mattis récapitula à voix haute :

— José a disparu, il a une copine qui apparemment a elle aussi mis les bouts, et un type avec qui il travaille s'inquiète.

Il ne pensait pas que José se soit offert des vacances improvisées. Contrairement à celle de la fille, sa penderie était bien remplie et seule la serrure du milieu de la porte d'entrée avait été loquée, le geste de quelqu'un qui ne compte pas s'absenter longtemps. À moins que la fille n'ait profité de son départ pour ramasser ses affaires et disparaître… Cette histoire l'agaçait, il y avait trop de possibilités, et il n'avait plus envie de réfléchir. Il se resservit un verre avant de partir puis se mit en quête de la loge du concierge de l'immeuble.

Le gardien habitait au premier étage. De derrière sa porte on pouvait entendre les hurlements de joie d'une femme venant de remporter un écran plat capable de diffuser des films captés en trois dimensions.

Un homme âgé et voûté ouvrit la porte.

Mattis lui présenta sa carte professionnelle.

Le vieux, suspicieux, l'examina attentivement.

— N'inversez pas les rôles, c'est moi le flic ! dit Mattis qui essayait toujours de détendre l'atmosphère quand il cherchait à obtenir des informations.

— Voilà, j'enquête sur José Cuervos, le jeune homme du septième étage.

Le vieux n'écoutait pas, il continuait ses allers retours visuels entre le visage de Mattis et la photo rivetée sur sa carte.

— J'étais jeune et rasé, se crut-il obligé de préciser.

Il finit par l'arracher des mains du concierge.

— Je vous écoute, fit-il en haussant le ton.

Le vieux daigna lever la tête.

— Des gens bien, discrets, polis.

— Je n'en doute pas. Vous avez dit « des ».

— Il vit avec une jeune femme. Janis, Janis Martel. Jamais de problème, c'est très tranquille ici.

Normal, faut pas faire fuir les clients, pensa Mattis.

— Vous pouvez me décrire la fille ?

— C'est une jolie personne.

— Mais encore ?

Le concierge ferma les yeux.

— Brune, elle est brune. Ses cheveux s'arrêtent aux

épaules et elle a un truc dans les narines.

— Comment ça, un truc ?

— Comme un diamant.

— Ah, un piercing, vous voulez dire ?

— Moi, j'y connais rien. De mon temps on accrochait ça aux oreilles. Pourquoi vous ne demandez pas à son frère, Carlos ? Ils sont toujours fourrés ensemble.

Finalement, cette affaire commençait à sentir bon, les éléments s'emboîtaient les uns après les autres sans qu'il ait trop besoin de se triturer les méninges. Il repartit vers sa voiture, un large sourire aux lèvres. José avait donc un frère, sûrement la voix du répondeur. Et il ne serait pas étonnant que les deux frangins se soient associés pour vendre leur came à tous les accros du coin. On pouvait supposer ensuite que José avait été victime d'une embrouille entre dealers : dans cette corporation, rares étaient les personnes qui dépassaient la quarantaine, libres ou vivantes. Quant à la fille, elle avait dû avoir vent de ce qui se tramait et avait judicieusement choisi de déguerpir.

Mais il voulait en savoir plus. Élucider cette affaire pourrait le faire remonter dans l'estime de ses collègues et de sa hiérarchie. Car lui aussi n'était pas loin de se retrouver à devoir supporter l'accent infernal des petits gars du Nord…

Chapitre 8

Le séjour devait avoisiner les quatre-vingts mètres carrés, des grappes d'invités discutaient debout, un verre à la main, tandis qu'un DJ remuait seul derrière ses platines, un casque vissé sur sa tête.

Serge détestait toute forme de regroupement de plus de deux personnes mais Janis avait insisté pour se rendre à cette fête. Il ne lui fallut que quelques secondes pour se rendre compte qu'il était le seul être humain dans l'appartement à avoir pu suivre l'alunissage de Neil Armstrong en direct sur sa télé.

Il chercha le bar des yeux puis pencha la tête vers l'oreille de Janis :

— Tu ne m'avais pas dit qu'il n'y aurait que des gens de ton âge…

— Je ne voulais pas que tu te sentes nerveux avant de venir.

Elle le tira par la main vers un couple affalé sur un canapé en forme de demi-lune.

— Viens, je vais te présenter à Brice, c'est un écrivain.

— Tu connais des écrivains, toi ?

— Ouais, on s'est rencontrés sur Facebook.

Brice était savamment décoiffé et arborait l'air d'un ancien du Vietnam. Serge le détesta immédiatement.

Janis fit les présentations. L'écrivain était déjà bien entamé, il parlait de son travail avec l'emphase d'un comédien amateur sous le regard admiratif d'une jeune femme cachectique.

— Je n'écris bien qu'avec la gueule de bois. C'est quand je me déteste que j'arrive à produire le mieux…

Il marqua un long silence, comme si on l'avait mis sur pause, puis il reprit, encore plus habité :

— C'est pareil à une transe, mes doigts cavalent sur le clavier, comme Mozart sur son putain de clavecin, et je peux écrire vingt pages dans la journée sans avoir à en retoucher une seule.

Serge se tourna vers Janis.

— C'est quoi ce guignol ?

— Il est toujours prétentieux quand il a bu.

Elle fit les présentations et ils s'assirent. Serge regretta de ne pas s'être saoulé avant de venir, la soirée allait être assommante s'il restait dans cet état.

Par chance, la musique empêchait qu'on se parle normalement à plus d'un mètre et il put se laisser aller tranquillement à quelques considérations anthropologiques en observant cette nouvelle génération encore pleine d'espoir et de bons sentiments se dandiner sur Lady Gaga.

Quand le DJ passa le *sample* de Yolanda bc cool « We no speak Americano », Janis se leva d'un bond. Elle se mit à danser tout en accordant son déhanché au slap de la basse. Sa chevelure changeait de couleur selon la fréquence des jeux de lumière émis par les spotlights fixés au plafond. Serge la contempla de son canapé. Les autres danseurs qui gravitaient autour d'elle devinrent flous, la musique se transforma en un bourdonnement lointain, il ne restait plus qu'eux, réunis dans une synchronie parfaite. À la fin du morceau, elle rejoignit un nouveau groupe d'amis, le laissant dangereusement à portée du futur Bukowski.

Serge préféra se lever avant de subir une nouvelle diarrhée verbale, il traversa la piste de danse improvisée à la recherche d'un coup à boire. Subitement, alors qu'il se frayait un passage à travers la foule des danseurs, des filles en sueur commencèrent à tourner autour de lui... Il comprit qu'il venait d'être élu « attraction de la soirée » : ce n'était pas tous les soirs qu'on avait un vieux sous la main...

Devant l'enthousiasme suscité par sa présence il se sentit obligé d'esquisser, de mémoire, quelques pas pour amuser la galerie. Les filles gloussèrent de plus belle, l'une d'entre elles vint même effectuer une lap dance à deux centimètres de son pénis. Enfin, le morceau se termina et Serge put rejoindre la cuisine sous les acclamations fébriles de ses nouvelles groupies.

Trois filles discutaient tout en buvant de grandes rasades de haut-médoc. Serge emprunta leur bouteille et se posta au bout de la table. Il se concocta une petite assiette de charcuterie avec de la chiffonnade de jambon, du pâté et quelques cornichons. Il allait remplir son verre quand il reçut une grande claque dans le dos. C'était Brice. Il se planta devant Serge, écœurant d'arrogance.

— Je te cherchais, papy. Tu ferais bien de surveiller ton alimentation… Tout ce gras, à ton âge…

— Ne t'inquiète pas pour moi, j'élimine vite.

— Je t'ai entendu tout à l'heure quand tu m'as traité de guignol.

Serge admira le bouc impeccablement taillé de Brice.

— Je pensais que la musique couvrirait ma voix…

Brice, croyant affirmer sa virilité, empoigna la bouteille de vin et but au goulot. Il s'essuya la bouche d'un revers de main.

— Qu'est-ce que tu fous avec Janis ? demanda-t-il tout en prenant l'air dégoûté du type qui vient d'avaler un sushi avarié.

— Avec ton imagination, tu vas sûrement trouver.

Brice se rapprocha, il était grand et massif mais il y avait quelque chose de contrefait dans son regard.

— Tu te crois tout permis parce que t'es vieux ?

Ce type pourrait faire du stand-up, se dit Serge, de plus en plus amusé par la tournure des événements.

— C'est ta première parole sensée de la soirée.

Brice, joignant le pathétique à la provocation, entrecroisa ses doigts et en fit craquer les jointures.

D'habitude, quand le ton montait, Serge préférait ses jambes à ses poings, surtout si l'instigateur mesurait plus d'un mètre quatre-vingts… Sauf qu'à cet instant, il ne ressentait aucune peur, au contraire, l'adrénaline que son corps était en train de sécréter agissait comme un puissant stimulant. Les filles venaient de quitter la cuisine, ils étaient seuls. Brice s'avança d'un pas, son cerveau embrumé avait dû lui renvoyer une statistique rassurante quant à ses chances de succès face à un sexagénaire sous-nutri.

Serge ne bougea pas. Il pouvait sentir l'haleine chargée à l'éthanol de l'écrivain fluctuer sous ses narines. Il y avait un couteau de chef posé sur une planche en bois, sa lame scintillait comme un appel. Serge l'attrapa tout en poussant Brice d'un coup sec contre le mur. Il plaqua le couteau sur sa gorge et agrippa le col de sa chemise.

L'effroi qui se lisait dans son regard plut à Serge, il était pris au sérieux. Il pressa la lame contre l'une de ses artères carotides.

— Tu penses marcher sur l'eau, dit Serge, dont la voix étrangement calme contrastait avec la violence de la situation. Mais tu n'es qu'un imposteur… Écoute-moi bien maintenant, tu vas faire deux choses. D'abord tu vas quitter cette soirée tout de suite… Et ensuite, tu ne vas plus jamais écrire une ligne. Pas une seule ! Compris ? Si tu écris, je le saurai, et je te retrouverai. C'est pigé ?

Brice, qui ne s'était jamais battu de sa vie et encore moins retrouvé avec un couteau sous la gorge, ne pensait qu'à une chose : « continuer à vivre ».

Il bégaya :

— Je pars, je n'écris plus, c'est compris.

Serge relâcha son étreinte et Brice en profita pour traverser la cuisine, la tête rentrée dans les épaules, craignant encore que la lame ne vienne se planter dans son dos d'ex-écrivain. Serge reposa le couteau et rejoignit Janis qui compulsait son téléphone portable. Il s'installa à côté d'elle tout en se demandant ce qui l'avait bien piqué… Se sentir à deux doigts de découper un mec en rondelles juste à cause d'une incompatibilité d'humeur ne lui ressemblait pas. Mais d'un autre côté il devait bien avouer qu'il avait trouvé jouissif de voir ce type plier du seul fait de sa volonté. D'un coup, il était passé de dominé à dominant, et ça, c'était bon…

Il pressa la main de Janis comme pour lui transmettre le résultat de son analyse, elle répondit par un léger frottement de tête contre son épaule. Pour une fois, le monde tournait rond.

Le téléphone de Janis vibra. Elle se tourna vers Serge.

— Qu'est-ce qui s'est passé avec Brice ? Il vient de m'envoyer un texto, il me dit que tu es complètement fou.

— Je lui avais pourtant bien dit d'arrêter d'écrire à ce crétin…

Chapitre 9

Janis se laissa choir sur le canapé en moleskine noir sans avoir pris la peine de quitter sa veste en jean. Elle se sentait toujours un peu nerveuse lorsqu'elle rendait visite à sa mère car elle savait très bien qu'après dix minutes d'échange de banalités, la discussion s'engagerait sur ses problèmes d'insertion, son côté velléitaire et ses fréquentations douteuses. Sa mère avait tendance à croire, comme la plupart des parents, que les enfants ne mûrissaient pas et qu'il était naturel de continuer à les infantiliser jusqu'au bout de leur vie.

Marlène retira le sachet de thé fumant de son bol et le posa sur une soucoupe. Elle était dans sa soixante-sixième année et, hormis un problème de rétention d'eau qui lui faisait gonfler bras et jambes, elle se sentait bien. Sa libido ne la tracassait plus, elle avait depuis longtemps rangé les hommes dans un placard fermé à double tour. Chaque vendredi elle donnait des cours d'alphabétisation en tant que bénévole dans une association de quartier à des femmes venues du Maghreb, d'Afrique ou d'Asie. C'était important pour elle de se sentir utile, de remplir une fonction : de l'action des êtres découlait le sens de la vie, répétait-elle souvent.

Elle fit descendre légèrement la température de son thé en soufflant dessus.

— Je suppose qu'il y a quelque chose qui ne va pas ? demanda-t-elle en fixant Janis. Ce n'est pas ton genre de passer à l'improviste.

— J'ai quitté mon emploi de serveuse.

— Je te l'avais dit. Tu vois ce qui arrive quand on lâche ses études ? On se retrouve à faire un travail ingrat et mal payé.

Janis fixa la table à manger du salon, cette même table sur laquelle elle avait pris ses repas du soir quinze années durant. Elle revit le visage de son père, tantôt jovial, tantôt absent, elle revit ses efforts démesurés pour attirer son attention, elle entendit les cris de sa mère, de plus en plus fréquents, de plus en plus inutiles.

Elle se pencha et enserra son mug avec ses mains. La chaleur transmise lui procura une brève sensation de bien-être.

— Et aussi, dit-elle en fixant à son tour sa mère, je ne suis plus avec José.

— Tu t'es enfin décidée à laisser tomber ce type ?

— Oui.

— Tu veux revenir habiter ici ? Je suppose que tu ne roules pas sur l'or.

— Non, j'ai rencontré quelqu'un. Je vis chez lui.

Marlène se détendit. Les enfants avaient cette propension à poser les pieds sous la table dès qu'ils étaient chez leurs parents, et elle ne se voyait pas replonger dans les lessives ou se remettre à cuisiner les plats préférés de sa fille.

— Il fait quoi dans la vie ?

— Il est à la retraite.

Marlène encaissa sans rien dire, même si elle avait l'impression qu'une étagère pleine d'encyclopédies venait de se fracasser sur son crâne. Elle savait que sa fille ne plaisantait pas. C'était bien son genre de se fourrer dans des situations invraisemblables…

Elle se leva, se dirigea vers le bar à roulettes.

— Je vais prendre quelque chose de plus fort.

Elle se servit un armagnac.

— Tu te rends compte dans quoi tu te lances, ma pauvre chérie ?

Janis avala une gorgée de Darjeeling. Pourquoi passait-elle sa vie à devoir se justifier auprès de sa mère ?

— Il fait beaucoup plus jeune, on s'entend bien et il est doux.

— Tu m'étonnes, quelle aubaine pour lui ! Quel âge a-t-il ?

— Soixante-deux.

— Je suis désolée, mais je pense que ce genre de relation n'est pas sain, pas sain et sans issue.

— Si tu pouvais nous rappeler l'issue de ta relation avec papa…

— Que voulais-tu que je fasse ? Il ne tenait pas en place !

— Tu ne le laissais pas respirer… À la maison il

avait l'impression d'être encore au travail !

Janis se mordit l'intérieur de la lèvre. Elle ne voulait pas faire de peine à sa mère mais il n'était pas question qu'elle passe sur le grill toute seule.

— Il te l'a dit ?

— Non, mais je me souviens combien il était difficile de passer une soirée sans qu'une assiette ne vole à travers la pièce.

— Ton père me rendait folle, il était impossible de communiquer avec lui.

— Pourquoi ?

— Parce qu'il ne parlait pas ! Je ne faisais pas partie de son monde.

— Il ne fallait pas vous marier.

— Mais on s'aimait ! Au début en tout cas…

— Tu n'avais qu'à le prendre comme il était.

— Je croyais que tu lui en voulais à mort ? Voilà maintenant que tu le défends.

— J'ai fait la part des choses.

— Tant mieux pour toi, moi je n'y arrive pas… Et puis ce n'est pas le sujet. Vous avez combien de différence ? Trente-sept ? Quarante ? Lorsque tu auras atteint ta quarantième année ça sera un vieillard.

— On n'en est pas là.

— Tu es majeure, c'est ta vie. Mais laisse-moi te dire que tu te trompes, tu te trompes sur toute la ligne…

— Pourquoi tu ne me prends pas comme je suis ? Pourquoi tu veux toujours me modeler à ta façon ? Je suppose que tu ne veux pas le rencontrer ?

— Tu supposes bien.

Janis n'avait pas cherché à ce que la discussion prenne ce tour, elle aurait juste voulu, l'espace d'un instant, redevenir une petite fille qui se love dans les bras de sa mère et se fait consoler tendrement. Mais Marlène ne semblait pas partager les mêmes aspirations.

Janis épousseta sa jupe d'un revers de main et se leva, le sujet était clos.

Sur le trottoir, à quelques mètres du pavillon, elle sentit des larmes lui monter aux yeux mais elle se retint de pleurer, comme si extérioriser sa peine allait sonner comme un aveu d'échec. Une fois de plus, se dit-elle en s'allumant une cigarette les mains tremblantes, elles avaient rejoué le même film, ponctué par le même unhappy end.

Seule devant la glace de la salle de bains, Janis avait retroussé les manches de son pull. Elle tenait dans sa main droite une lame de rasoir mécanique. Doucement, elle entailla la peau de son avant-bras de fines zébrures, elle remonta vers le coude comme si elle traçait les barreaux d'une échelle. Et au fur et à mesure que le sang s'écoulait, Janis se sentait parcourue par une onde bienveillante, salvatrice. Elle resta assise un long moment sur le rebord de la baignoire, ses pensées défilaient sans qu'une seule puisse se fixer réellement. Puis elle se passa le bras sous l'eau froide, le tamponna à l'aide d'un gant humide et appliqua une bandelette de gaze pour masquer ses coupures.

Elle sortit de la salle de bains un peu chancelante, comme si elle venait d'effectuer un tour de grand huit. Elle s'allongea sur le canapé du salon, ferma les yeux.

C'était la nuit, la foule était compacte, il faisait chaud. Sur la scène, Jacques Higelin, assis sur une chaise, sa guitare électro-acoustique bien calée sur sa cuisse, entamait une ballade. Janis avait sept ans, c'était la première fois qu'elle assistait à un concert en plein air. Elle était montée sur les épaules de son père pour mieux voir le chanteur à la crinière blanche. Tout lui paraissait démesuré, la puissance du son, la diversité des lumières, les cris, les odeurs de cigarettes, d'alcool et de transpiration. De cette hauteur, elle pensait que la vie était merveilleuse et qu'il en serait toujours ainsi.

Son père la fit redescendre et elle se mit à danser sur la pelouse du Champ de Mars. Elle ne se vit pas dériver lentement au milieu des spectateurs tant elle était absorbée par la musique. À la fin de la chanson, elle se rendit compte que son père avait disparu.

Elle ne bougea plus et attendit que quelque chose se passe. Les gens autour d'elle lui paraissaient soudain immenses et hostiles, le son assourdissant, les lumières aveuglantes, les odeurs insupportables. Et puis, sur les premières notes de « Champagne », son père réapparut, l'air aussi terrifié qu'elle. Ce fut de loin le moment le plus intense de sa vie. Son monde, qu'elle avait cru perdu à jamais, venait de se remettre en ordre par la seule présence de son père. Trois mois plus tard, il quittait le domicile familial et replongeait Janis dans ses ténèbres.

Une main se posa sur sa cuisse. Serge venait de rentrer. Il souriait.

— Ça va ? Tu es toute pâle.

Janis ne répondit pas et se serra contre lui.

— Je suis contente que tu sois revenu, vraiment contente.

Chapitre 10

Travailler était le seul moyen pour Mattis d'oublier le syndrome de sevrage dans lequel il était plongé depuis maintenant plusieurs jours. Et pour l'avoir pratiqué à maintes reprises, il ne donnait pas cher de sa peau cette fois-ci. Les crises de panique, les pensées obsédantes, la dépression, le délire de persécution, toutes ces bombes à retardement qui ne demandaient qu'à exploser dans son cerveau… Sans compter sa dette de jeu et ce psychopathe de Toro proche de lui tordre le cou s'il ne trouvait pas très vite de quoi le rembourser.

Il tapa le nom de Janis Martel dans le moteur de recherche interne de Facebook. Il en existait une dizaine, dont une arborant un charmant diamant à la narine droite sur sa photo de profil. Cette Janis avait plus de trois cents amis, ce qui laissa Mattis assez songeur. Néanmoins, il parcourut la liste et remarqua qu'une certaine Marlène portait le même nom de famille que Janis. Il décela une légère ressemblance dans l'expression de son regard et en déduisit qu'il s'agissait sans doute de sa mère. Il trouva ses coordonnées en quelques clics sur le site des pages blanches et décida d'aller lui rendre visite à l'improviste.

Le pavillon était situé sur les hauteurs de la ville de Meudon, en proche banlieue. Sur la droite de la maison, on distinguait une allée dont l'issue laissait apparaître un petit jardin équipé d'un barbecue en dur protégé des regards extérieurs par une épaisse rangée de thuyas fraîchement coupés. Mattis sonna à la porte tout en se disant que ce devait être agréable de pouvoir se faire cuire des saucisses dehors, à moins d'un kilomètre de la capitale. Il s'imagina un instant vêtu d'un short et coiffé d'un panama, attisant ses braises, une bière fraîche à la main.

La porte s'ouvrit, Mattis reconnut instantanément la femme repérée sur Facebook. À la manière d'un représentant de commerce, il lui lança un « Bonjour ! » appuyé et joyeux.

La mère de Janis le dévisagea, circonspecte.

Mattis sortit une fois de plus sa carte professionnelle.

— Je suis à la recherche de Janis Martel, c'est bien votre fille ?

Marlène hocha la tête à l'affirmative.

— Nous souhaitons l'entendre en qualité de témoin. Son petit ami s'est volatilisé…

— Elle est passée la semaine dernière, le coupa Marlène.

— Et elle vit où en ce moment ?

— Je n'en sais rien. Chez son nouveau copain, je suppose.

« Nouveau copain… » se répéta Mattis comme pour mieux s'imprégner du renseignement.

— C'est tout ce que je sais. Il a une soixantaine d'années… Vous trouvez ça normal, vous, qu'une gamine sorte avec un type qui pourrait être son père ?

Mattis se passa la main dans les cheveux, une fine pellicule grasse se déposa sur le bout de ses doigts.

— Si c'était ma fille je penserais comme vous. Un numéro de portable peut-être ?

— Oui, je vais vous le chercher, entrez donc.

Mattis se frotta les pieds sur le tapis en fibre de coco et pénétra dans le salon. Il étudia la pièce. Cette femme possédait une parfaite maîtrise de l'agencement, tout y était bien ordonné. Un grand bouddha en bois d'ébène installé sur une étagère de la bibliothèque, entre deux gros livres d'art, attira plus particulièrement son attention : il dégageait, par sa bonhomie, un vrai pouvoir relaxant. Marlène revint avec un Post-it dans la main.

— J'espère qu'il n'y a rien de grave, dit-elle.

— C'est une enquête de routine, ne vous en faites pas.

— Vous voulez boire quelque chose ?

Mattis ne s'attendait pas à tant de sollicitude.

— C'est pas de refus.

Il eut droit au canapé, il le trouva confortable, c'était comme être assis à l'ombre d'un chêne, au bord d'une rivière, par une belle journée d'été.

Marlène poussa une petite table roulante jusqu'à lui.

— Et surtout, ne me dites pas « pas pendant le service »…

Ils burent un whisky, Marlène coupa le sien avec un peu d'eau de Seltz. Mattis avait étalé ses jambes, il se sentait tellement bien qu'il dut réprimer un bâillement. Il ferma les yeux un instant… Une barque, avec à son bord un jeune couple, glissait sur l'eau. Il leur fit un petit signe de la main.

Marlène, qui s'était assise dans un fauteuil en cuir recouvert d'un plaid noir, se mit à parler des enfants, qui selon elle, se posaient toujours en juges de leurs parents. Ce n'était qu'au moment où ils le devenaient à leur tour que leur opinion évoluait un tant soit peu. Mattis avait quitté son pantalon, il venait de plonger dans la rivière et faisait la planche.

— Vous comprenez, lieutenant, ils oublient trop facilement tout ce que l'on a fait pour eux : les heures d'attente passées chez le pédiatre ou au jardin public à les regarder glisser sur un toboggan pour la centième fois d'affilée, l'animal de compagnie dont ils se lassaient au bout d'un mois, les copains et copines qu'il fallait recevoir et nourrir, l'inquiétude quand ils se mettaient à sortir le soir…

Mattis pensa à ses propres parents. À cette heure-ci ils devaient être en train de jardiner. Il ne les avait plus revus depuis qu'ils avaient été mis au courant de son addiction à la cocaïne par son ex-femme.

Il finit par reprendre ses esprits et se leva.

— Bien. On va vérifier tout ça, merci. Je vous tiens au courant. Voici ma carte, n'hésitez pas à m'appeler.

Mattis regagna sa voiture et composa le numéro de Janis, mais elle était aux abonnés absents. « Logique », grommela-t-il, « Les jeunes ne sont pas totalement stupides. Avec le nombre de séries policières qu'ils ingurgitent, ils savent très bien qu'il suffit d'une autorisation de l'opérateur téléphonique pour tracer un portable. Soit cette fille a quelque chose à se reprocher, soit elle a peur... À moins que cela ne soit les deux ? »

Sentant que les effets analgésiques du bouddha commençaient à s'estomper, il décida d'aller prendre un verre. Il s'installa en terrasse, sous un brasero électrique, et commanda un demi pression. À deux tables sur sa droite, était assise une jeune femme brune, vêtue d'un tailleur gris et d'un chemisier blanc largement déboutonné. Elle dégustait un verre de vin blanc, ce qui plut à Mattis. En effet, d'après lui, une femme consommant de l'alcool en public était plus encline à coucher dès le premier soir. Elle était plongée dans un guide touristique sur Amsterdam. Mattis connaissait cette ville pour en avoir écumé tous les coffee-shops vingt ans plus tôt.

C'était l'époque où sa vie était une fête permanente, quand il se sentait rempli d'un jus intarissable, quand le manque de sommeil, les gueules de bois à répétition, la nourriture trop calorique n'avaient aucune prise sur lui. Mais aujourd'hui il devait bien admettre que la fête était finie, son ventre avait poussé, ses rides s'étaient creusées, et il lui fallait presque deux jours pour se remettre d'une cuite.

Il fixa la jeune femme du regard, mais malgré ses supplications mentales, elle continuait à potasser son guide sans jamais lever les yeux vers lui. Mattis s'imagina alors prendre le Thalys en sa compagnie, ils descendraient au Grand Hôtel Krasnapolsky. Ce serait un peu comme dans un film de Woody Allen, ils visiteraient le Van Gogh Museum, déambuleraient le long des canaux, flâneraient dans le Quartier rouge. Puis, une fois de retour à l'hôtel, ils mangeraient des sushis au thon rouge. Ensuite, ils changeraient de réalisateur et boiraient du champagne en testant le cunnilingus subaquatique dans le jacuzzi. Mattis souriait, il imaginait tellement bien qu'une bosse apparut sous sa braguette. Il réfléchit aux différentes manières d'aborder la jeune femme, mais il n'avait pas l'habitude de draguer à jeun, et le temps qu'il se décide la fille avait déjà quitté la terrasse.

Dépité, il rentra chez lui.

Il cherchait depuis dix minutes quelque chose à boire quand il eut l'idée d'aller fouiner sous l'évier encore plein de la vaisselle de la veille. Entre un déboucheur liquide et un nettoyant pour sol neuf qu'il avait eu la présence d'esprit d'acheter mais pas d'utiliser, il trouva une bouteille de Ballantine's. Il fit un petit bond temporel et se souvint du soir où il s'était promis, une fois encore, de ne plus boire après minuit. Par chance il était 20 heures.

Il récupéra des biscuits apéritif salés aux trois quarts écrasés au fond d'un tiroir de la cuisine. Leur date de péremption était dépassée depuis un mois, mais il se dit qu'il n'avait plus rien à craindre, et en profita pour se servir un autre verre histoire d'éradiquer d'éventuelles bactéries. Au bout du quatrième whisky, Mattis se sentit à nouveau en phase avec l'univers. Il attrapa son portable et composa le numéro de Carole, sa compagne de substitution.

— J'ai passé ma journée avec une bande de serial killers dégénérés, j'ai besoin de voir quelqu'un de normal, argumenta-t-il.

Carole éclata de rire et Mattis dut éloigner le combiné de son oreille.

— Et moi j'ai passé ma journée avec des gens normaux, c'est encore pire. J'ai deux bouteilles de chianti si tu veux.

Mattis débarqua chez elle moins d'une demi-heure plus tard. Carole habitait un studio derrière la Bastille. Les promoteurs n'avaient pas jugé bon de faire installer un ascenseur et il arriva au sixième étage en ahanant comme un phoque.

Carole lui ouvrit la porte. Mattis devina qu'elle avait déjà commencé à boire sans lui, ses yeux brillaient un peu trop. Elle portait une robe noire échancrée qui laissait entrevoir le galbe de sa poitrine, ses talons hauts la faisaient paraître aussi grande que lui, et ses longs cheveux auburn sentaient encore le shampoing à la pomme. Ils s'installèrent dans l'unique pièce à vivre. Carole était vendeuse dans un magasin refourguant des antiquités qui n'en étaient pas vraiment. Son salaire lui permettait tout juste de joindre les deux bouts et elle n'avait pas trouvé plus abordable que cette studette de trente mètres carrés qui lui mangeait quand même la moitié de sa paie.

Ils burent du vin en fumant leurs cigarettes à la fenêtre tandis que la voix de Neil Young recouvrait la pièce d'un voile mélancolique.

— Tu t'esquintes à faire ce métier, dit-elle en regardant droit devant elle. À force d'être en contact avec toute cette misère, tu ne vois plus le monde tel qu'il est.

— Ce que je vois du monde est bien réel.

— D'accord, mais il n'y a pas que ça !

Mattis souffla la fumée de sa cigarette comme s'il voulait lui faire traverser la cour.

— Le problème ne vient pas de mon boulot, il y a sans doute d'autres choses que je n'ai pas réglées…

— Tu as pensé à voir un psy ?

— Tu plaisantes ? dit-il tout en jetant un coup d'œil furtif dans le décolleté de Carole. Je vais te raconter une histoire. Un jour, au travail, j'ai dû en voir un, ça faisait partie d'une visite médicale de routine obligatoire. J'ai passé une heure à lui raconter ma vie. Quand je suis sorti, je me suis aperçu que ma braguette était ouverte. Et là, je me suis dit : « Comment faire confiance à un type qui a une vue imprenable sur ton caleçon et qui ne te prévient même pas ? »

Il coinça son mégot entre son pouce et son index, et d'une pichenette, le propulsa dans le vide.

— Donc, voilà… Je préfère essayer de m'en sortir seul, j'ai juste besoin de temps.

— Le temps ne fait rien à l'affaire, Franck. Il faut faire des choix et s'y tenir.

Mattis sentait que la conversation prenait une mauvaise tournure, et il fallait absolument que Carole reste de bonne humeur s'il voulait avoir une chance de faire l'amour.

Il retourna chercher la bouteille de vin.

— Tu ne me parles jamais de toi, lança-t-il de la cuisine.

Carole se retourna et s'accouda à la rambarde.

— Il n'y a rien à dire à part qu'en ce moment je suis dans le flou le plus total.

Mattis revint vers elle la bouteille à la main.

— Sur ce point-là, je te rejoins complètement.

Il fit le service et l'embrassa dans le cou.

Carole se mit à rire.

— Franck qui fait des préliminaires !

Ils passèrent l'heure suivante à vider la seconde bouteille de vin tout en grignotant des petits cubes d'emmenthal et des tomates cerises. Il leur fallut encore deux digestifs à la poire avant de passer au lit.

Mattis n'attendit pas Carole pour jouir. Il l'entendit chuchoter :

— C'est pas grave…

Il se redressa et plaqua son dos contre le mur froid.

— Je vais rentrer, je n'arriverai pas à dormir.

— Qu'est-ce qui ne va pas ?

— Je voudrais changer mais je n'y arrive pas. Je refais les mêmes conneries qui m'amènent dans les mêmes impasses. Sérieusement, tu ne trouves pas que la vie est insupportable ?

Carole se redressa à son tour, elle remonta le drap au-dessus de sa poitrine.

— Et ton fils ?

— Il grandit, je le vois peu, il a déjà son monde.

— Il a besoin de toi.

— Je sais, sa mère me le répète tout le temps.

Carole posa sa tête contre le torse en sueur de Mattis.

— Tu crois que je pourrais avoir un enfant ? Je m'approche de la quarantaine.

— Tu feras une mère formidable.

Carole soupira. Visiblement, ce n'était pas ce qu'elle voulait entendre, se dit Mattis qui sentait poindre le nuage noir de l'engueulade au-dessus de sa tête.

— Qu'est-ce qui ne te plaît pas chez moi ?

— Rien, tu es superbe.

— Alors pourquoi tu me baises pour te casser ensuite ?

— Je te l'ai déjà dit, Carole, je suis à la ramasse en ce moment… Il te faut quelqu'un de solide, un type qui rentre le soir, un type qui sait boire modérément, qui s'occupe de toi. Je ne sais pas faire tout ça.

— Ça t'arrange.

Mattis laissa pendre une jambe en dehors du lit, comme s'il s'apprêtait à s'enfuir d'un instant à l'autre.

— Loin de là. Je vais te laisser dormir, tu vas être crevée demain.

La voix de Carole s'enroua subitement.

— Oui, vas-y. Chacun sa merde, pas vrai ?

— Je… Je t'appelle, répondit-il tout en enfilant son caleçon à l'envers.

Il était deux heures du matin et Mattis n'avait toujours pas sommeil. Il avait conduit jusqu'à Pigalle avec dans l'idée de se finir dans un bar, en compagnie d'une fille.

Quand il entra, deux types se tenaient au comptoir, ils le dévisagèrent longuement. Ceux-là ne demandent qu'à se battre, pensa-t-il en s'installant à une table. Il commanda un Jack Daniel's. Une des filles vint s'asseoir à côté de lui. Mattis la connaissait pour avoir été son client quelques fois pour une pipe vite fait dans l'arrière-salle. Mais depuis son divorce il préférait parler. Trop de choses encombraient son cerveau et l'empêchaient d'y voir clair. Comme il avait une ardoise en cours, il se permit d'avaler une demi-douzaine de bourbons tout en divaguant sur les rapports homme-femme. Natacha, l'entraîneuse, hochait mécaniquement la tête de temps en temps par politesse. Au bout d'une heure il dut aller vomir dans les toilettes. À son retour, on lui prépara un plat de pâtes qu'il avala dans un état second sous l'œil goguenard des deux piliers de comptoir. On lui appela un taxi. Il s'endormit la tête ballante jusqu'à ce que le chauffeur vienne lui secouer l'épaule. Une fois chez lui, il s'écroula sur son lit encore habillé.

Avant de sombrer, il se jura de se tuer dès son réveil.

Chapitre 11

Carlos avala une orange pressée tout en observant par la baie vitrée de sa terrasse les premiers rayons du soleil atteindre la cité. Vingt ans plus tôt, son père procédait déjà au même rituel, chaque matin, une tasse de café à la main, avant de partir à son travail.

C'était loin maintenant, le cancer était passé par là et l'avait emporté, ainsi que sa mère. Ils n'eurent pas le loisir de profiter de la maison qu'ils avaient fait construire au Portugal près de Matosinhos. Comme si leur compteur de vie avait été réglé à l'avance par une obscure officine du gouvernement pour éviter d'avoir à leur verser leur retraite. Carlos y avait vu une injustice de plus.

Maintenant, il ne lui restait plus que José, son petit frère. Où était-il à cet instant ? Que faisait-il ?

Pourquoi ce silence ? Il avait questionné les voisins de palier sans succès. Rien d'étonnant. Déjà qu'ils avaient pour habitude de détourner pieusement la tête devant les scènes quotidiennes de trafic et de faire la sourde oreille quand un type se faisait corriger dans la cage d'escalier, alors s'occuper des allées et venues du petit frère d'Attila…

Carlos s'était ensuite tourné vers les jeunes qui squattaient le hall de l'immeuble : ces derniers lui apprirent que Janis était passée un soir, en coup de vent, accompagnée d'un vieux. Carlos se rendit sur le lieu de travail de Janis et le gérant lui raconta qu'elle avait quitté son boulot du jour au lendemain, sans même demander le solde de son salaire. Comme un de ses plus anciens habitués, un certain Serge avec qui elle discutait souvent, avait-il ajouté.

Pas besoin d'avoir fait l'école de police pour comprendre que la petite s'était trouvé un nouveau protecteur en la personne du vieux. Un habitué, avait dit le gérant… C'était forcément un type du quartier, personne ne prenait le métro pour aller s'en jeter un. Et si Janis fricotait avec ce gars, il ne devait pas habiter bien loin.

Il composa le numéro de portable de Sammy.

— Ramène ta fraise, ordonna-t-il de sa voix froide et métallique.

Sammy frappa à la porte dix minutes plus tard.

— Tu connais la petite amie de José ? demanda Carlos tout en roulant son premier joint de la journée.

Sammy attrapa une chaise.

— Janis ? Je l'ai vue, une ou deux fois.

— Il faut que tu me la retrouves. Elle a disparu en

même temps que mon frère. À croire qu'on est en plein triangle des Bermudes.

Sammy hocha la tête en signe de connivence, même s'il n'avait pas bien saisi la métaphore géographique de Carlos.

— Tu vas te fixer un périmètre autour de l'endroit où elle taffait et tu vas me surveiller tous les commerces. J'ai idée qu'elle s'est maquée avec un type qui crèche dans le coin. À un moment ou un autre elle sortira faire des courses. Dès que tu l'as repérée, tu la suis jusque chez elle, tu notes l'adresse et tu me préviens. Trois mille euros pour toi si tu retrouves cette garce.

Sammy acquiesça sans vraiment savoir s'il avait vraiment envie de faire ce job. Mais Carlos était le genre de type qu'il valait mieux ne pas décevoir si on voulait conserver toute sa motricité, se dit-il en refermant la porte de l'appartement.

Carlos essaya de meubler sa journée tant bien que mal, il n'avait envie de rien. Seul le mystère de la disparition de son frère occupait ses pensées. Au bout de quelques heures il dut se résoudre à faire quelque chose, sous peine que sa tête explose.

Elle s'appelait Aïcha et cumulait plusieurs fonctions au sein de l'organigramme tortueux de Carlos. Son appartement servait de nourrice au trafic, elle n'avait pas eu vraiment le choix, Carlos savait se montrer très persuasif quand il le fallait. Chaque mois, elle réceptionnait un gros paquet de dope, fruit d'un go-fast, et stockait la marchandise chez elle. Il lui fallait ensuite couper la poudre et l'empaqueter en unités de différentes tailles. En échange, elle n'avait aucune facture à payer et Carlos lui versait un petit dividende à la hauteur d'un SMIC.

Aïcha ne sortait jamais, elle remplissait ses journées entre les visites de Carlos, la prise de came et les émissions de télé réalité. Carlos passait la voir de temps en temps, car même s'il faisait partie de cette petite caste d'hommes pour qui le sexe n'est pas si important que ça, il avait quand même des besoins à satisfaire et Aïcha s'en chargeait, comme on fait la lessive d'un ami.

Carlos sortit le vinyle de sa pochette, souffla dessus et le mit sur la platine. Il s'affala sur le canapé et se laissa peu à peu captiver par la voix de Joe Dassin.

C'était son petit secret à lui, les autres n'auraient pas compris que leur chef puisse succomber aux mélodies d'un chanteur de charme. Aïcha vint s'asseoir près de lui, elle posa une main sur sa cuisse et caressa le tissu rugueux de son jean.

— Pas tout de suite, fit-il en repoussant sa main.

Aïcha se leva et se planta devant lui, elle se mit à danser au ralenti sur « Guantanamera ». Ses longs cheveux torsadés balayaient l'air tandis que ses doigts ondulaient comme ceux d'une danseuse orientale. À la fin du morceau, Carlos lui fit un petit signe de la tête pour qu'elle le rejoigne, il était maintenant tout à fait détendu.

Allongé sur son lit, Sammy contemplait le poster géant de Zinédine Zidane qu'il avait punaisé sur le mur de sa chambre. Il ferma les yeux et revécut pour la énième fois ce moment de la finale de la coupe du monde 1998 où tout avait basculé: le corner venait d'être tiré, Zidane était placé dans la surface, il déclencha son impulsion, s'éleva dans les airs et claqua le ballon de la tête, le plaçant hors de portée du gardien. Le pays tout entier se leva. Sammy ouvrit les yeux, c'était à son tour maintenant de s'élever dans les airs et de marquer l'histoire. S'il empochait les trois mille euros cela lui permettrait de peaufiner sa nouvelle personnalité, il pourrait s'habiller comme un prince, soigner ses dents et se balader avec une jolie liasse dans la poche.

Le lendemain matin il s'installa dans un café proche de l'ancien travail de Janis et surveilla les allées et venues des passants tout en épluchant *L'Équipe*. Il était si absorbé par l'article traitant des soucis hémorroïdaires de l'avant-centre de Marseille qu'il en oubliait constamment de regarder par la vitre.

Vers midi, il sortit et fit le tour des boulangeries et des supérettes, sans succès. Un peu dépité, il pensa aux trois mille euros puis continua sa surveillance dans un autre café. Là encore, sa concentration ne fut pas des plus efficaces. En effet, une enquête très fouillée du *Parisien* attira toute son attention : le journaliste relatait avec une minutie d'horloger la journée type d'un animateur télé.

Au bout d'une heure, Sammy se demanda s'il devait conserver l'addition de ses quatre demis pour la présenter à Carlos. Les recherches pouvaient durer et il était évident que ce travail impliquait des notes de frais. Cet imprévu logistique l'amena à imaginer la vie qu'il aurait pu avoir s'il n'avait pas été confronté à autant d'obstacles depuis sa plus petite enfance.

Il se vit planqué dans un bureau en haut d'une tour

transparente de la Défense à faire la conversation avec des secrétaires un peu salopes, ou à épater son supérieur hiérarchique par sa capacité à entrevoir de nouvelles perspectives pour la boîte. Il porterait un costume Hugo Boss et chausserait des Weston à glands. Le soir il s'enverrait des shots de vodka dans des bars de luxe puis terminerait sa nuit dans un lit king-size en compagnie d'un mannequin à la poitrine surdimensionnée...

Un caniche nain coupa court à ses velléités d'insertion et lui aboya au ras des chevilles. Étrangement, l'intermède lui rappela que sa mère lui avait demandé de ramener du pain et de la farine.

Il se leva, tout en fusillant du regard la propriétaire septuagénaire du chien, et régla ses bières. De toute façon il en avait assez de faire son Columbo, il n'était pas loin de 6 heures, et il commençait à avoir faim. Il remonta la rue en direction du métro tout en se repassant la scène du lit king-size avec le mannequin, puis il s'arrêta dans un tabac pour acheter des cigarettes. Il rangeait sa monnaie quand il la vit entrer. Il fit deux pas de côté et baissa la tête. C'était bien Janis.

Il sortit en catastrophe et se planqua derrière un platane. Il n'en revenait pas d'être aussi chanceux, Carlos allait être sur le cul, pensa-t-il. Pour une fois dans sa vie, les choses s'étaient goupillées à la perfection. Il remercia Allah trois fois de suite pour lui avoir servi la fille sur un plateau et se promit d'aller faire un tour à la salle de prière pour témoigner de sa reconnaissance.

Deux minutes plus tard, Janis sortit à son tour. Sammy lui laissa une vingtaine de mètres d'avance avant de démarrer sa filature. Il prit le trottoir d'en face, son portable collé à l'oreille pour faire diversion au cas où elle se retournerait subitement. Il poursuivit sa filature tout en parlant réellement dans son téléphone portable pour faire plus vrai – les pros soignaient toujours les détails. Au bout d'une dizaine de minutes Janis s'engagea dans un quartier résidentiel, des immeubles de standing fraîchement bâtis alternaient avec des petites maisons en brique des années soixante.

Elle pénétra dans l'une d'elles.

Carlos fignolait le nettoyage de son Beretta à l'aide d'une brosse à dents usagée, même s'il avait tendance à faire plus confiance à ses poings qu'à une arme. Mais depuis la fin des guerres en ex-Yougoslavie, n'importe quel petit voyou pouvait se procurer un fusil d'assaut moyennant quelques centaines d'euros, et jusqu'à preuve du contraire, les poings n'étaient d'aucune utilité pour stopper les balles. Il actionna plusieurs fois la culasse, engagea un chargeur équipé de cartouches de neuf millimètres parabellum, *Full Metal Jacket,* puis rangea son arme dans son holster sanglé sous l'aisselle. Il fixa un étui en cuir autour de sa cheville et y plongea un poignard de combat. Pour finir, il fourra une paire de menottes et une mini lampe torche dans la poche intérieure de son blouson. La veille, Sammy était passé chez lui avec un air de ministre pour lui communiquer l'adresse de la fille.

Carlos gara sa voiture à une vingtaine de mètres du pavillon puis grilla quelques cigarettes, la fenêtre entrouverte, tout en écoutant en boucle sa chanson fétiche, « Ça va pas changer le monde ».

Vers 19 heures un couple entra dans la maison. Carlos reconnut Janis, elle tenait la main du type. Cette petite garce était donc maquée avec ce vieux débris… Quelle merde ! pensa-t-il.

Il poireauta encore une dizaine de minutes puis traversa le jardinet en silence. La nuit était tombée mais les lampadaires de la rue rendaient suffisamment de lumière pour éclairer son chemin. Il longea un mur en crépi puis s'accroupit sous la seule fenêtre allumée. Il remonta lentement sa tête pour observer l'intérieur de la pièce. Ils étaient là, enlacés sur le canapé avec un air idiot, en train de regarder les infos régionales.

Carlos se rendit à l'arrière de la maison, il actionna la poignée de la porte de la véranda, elle était fermée. Mais ce n'était pas un problème, la masse musculaire qu'il avait acquise en soulevant de la fonte plusieurs fois par semaine pendant des années parviendrait à la faire céder. Il espérait juste que le fond sonore émit par le poste de télévision suffirait à couvrir le bruit de son effraction. Il respira profondément, banda ses muscles, et envoya un violent coup d'épaule contre la porte. Le chambranle se fissura immédiatement. Il recommença, et cette fois-ci le bois céda, emportant dans un craquement sec et définitif la gâche de la serrure.

Il pénétra à l'intérieur et s'accroupit. Au bout d'une minute, ne voyant rien venir, il continua sa progression. La véranda donnait sur la cuisine, il la traversa à la lumière de sa lampe torche et se retrouva dans le couloir de l'entrée. Une lueur jaunâtre et des sons étouffés provenaient de l'entrebâillement d'une porte qui, selon ses déductions, devait être celle du salon.

Il sortit son arme.

Tout en regardant le présentateur lancer un sujet sur les marchés de Noël, Serge caressait la cuisse de Janis, comme pour s'assurer de sa présence. Il pouvait s'estimer le plus veinard des hommes, d'habitude, à cette heure-ci, il s'ouvrait généralement une conserve de petits pois ou de thon à la catalane et passait le reste de sa soirée, seul, à piquer du nez devant sa télé.

À l'écran, une commerçante s'étonnait que ses produits du terroir – pourtant fabriqués en quantité industrielle – ne trouvent pas preneur. S'ensuivit une longue litanie sur l'État suceur de sang et créateur d'impôts. Elle réussit même à glisser, sous les hochements de tête compréhensifs du jeune intervieweur, une petite constatation sociologique sur le trop grand nombre de fonctionnaires et leur manque de réactivité au travail.

— Ces gens ne font que répéter ce qu'un autre crétin leur a soufflé à l'oreille, s'énerva Serge tout en cherchant la télécommande derrière les coussins du canapé.

Juste à cet instant, un type déboula dans la pièce.

Le cœur au bord de l'explosion, Serge crut reconnaître José, revenu d'entre les morts. Il pointait un pistolet dans sa direction. Janis se redressa brutalement, comme si elle venait d'être surprise en train d'uriner entre deux voitures. Elle lança à Serge un regard épouvanté.

Il essaya de rassembler ses idées. Quelque chose avait dû lâcher dans son cerveau : anomalie mémorielle, épilepsie temporale, paramnésie ?

— Où est mon frère ?

Ce n'était pas la voix de José, pensa Serge. Non, ce type n'était pas José, il lui ressemblait mais ce n'était pas lui. « Pauvre débile, c'est son frère... » conclut-il.

Serge releva la tête. En effet, malgré un air de famille, ce type possédait un regard bien à lui, un regard froid et impitoyable.

— Où est mon frère ? répéta-t-il.

Serge cherchait un mensonge crédible, mais tout ce qu'il voyait c'était un trou avec le cadavre de José à l'intérieur.

— J'en sais rien, dit-il.

Carlos se dirigea vers Janis.

— OK, on va procéder par ordre.

Il lui attrapa le bras et la traîna jusqu'à une grosse chaise en bois et lui menotta les poignets à l'un des barreaux. Pendant ce temps Serge essayait de trouver une idée pour enrayer ce cauchemar, mais cette fois-ci la commode se trouvait hors de portée. Carlos ne faisait pas preuve de la même désinvolture que son frère et ne le quittait pas des yeux. Il avait pourtant intérêt à trouver rapidement une solution, s'il ne voulait pas finir lui aussi avec un corps étranger niché dans sa boîte crânienne.

Il se lança dans un solo d'improvisation.

— J'ai une cabane de chasse dans les bois, vers Rambouillet, c'est là que je l'ai enfermé. Je voulais qu'il fiche la paix à Janis.

Serge lui parlait droit dans les yeux, concentré sur son jeu d'acteur.

— T'as pas la tête d'un chasseur.

« Ni d'un tueur », pensa Serge.

— Je ne chasse pas, je fais des balades, je vais aux champignons. La cabane appartenait à mon père. Je voulais juste lui donner une leçon et l'empêcher de nuire à la petite.

Serge regretta son intonation, il avait l'impression d'avoir surjoué sa réponse.

Carlos se frotta la tempe avec le canon de son pistolet. Serge en profita pour essayer de faire partir le coup par transmission de pensée mais aucune détonation ne se produisit.

Une séquestration ! pensa Carlos. La thèse lui paraissait incongrue mais il avait tellement envie que son frère soit vivant qu'il mordit à l'hameçon.

— Tu vas m'amener là-bas.

— D'accord, mais laisse partir la fille, elle n'y est pour rien.

La tension de Carlos redescendit d'un cran, il n'allait probablement supprimer personne ce soir. Un double meurtre aurait rameuté l'ensemble de la BRB à ses trousses. À la rigueur, une petite mutilation suffirait à leur ôter toute envie de récidive.

— La fille reste ici pendant qu'on va récupérer mon frère, et c'est pas négociable, papy.

Serge acquiesça. Au moins, il allait éloigner ce fou furieux de Janis. Il enfila son blouson tout en la cherchant du regard, mais Janis restait prostrée, la tête entre ses genoux.

Serge était conscient que son mensonge ne représentait qu'un ridicule gain de temps, un petit bonus… Mais quand Carlos comprendrait qu'il ne reverrait jamais son frère, il laisserait éclater toute sa fureur. Mais il n'avait que ça à proposer, même si son cerveau moulinait au plus vite pour essayer de trouver une nouvelle porte de sortie.

Ils marchèrent jusqu'à la voiture de Carlos.

— Prends le volant, ordonna celui-ci.

Serge régla la position du siège et l'axe du rétroviseur intérieur puis boucla sa ceinture. Dès qu'il enclencha la première il put sentir le potentiel de la voiture.

Il prit la direction de l'autoroute.

— C'est loin ? demanda Carlos.

— Une heure environ.

— Je pige pas que mon frère ait pu se faire enfumer par un type comme toi, t'as pas le physique de l'emploi... Je te verrais plus dans un square à refiler des graines aux pigeons. Et la petite ? T'as pas l'impression de coucher avec ta fille ? D'ailleurs c'est peut-être ça qui te plaît ?

Serge n'écoutait pas, il commençait à se faire une raison. L'espérance de vie d'un Français avoisinait les soixante-dix-huit ans, il allait donc sans doute être un peu en avance sur l'échéance mais restait somme toute dans une moyenne acceptable. Seulement, c'était compter sans Janis qui, elle, n'en était qu'au début de sa vie. Il devait tenter quelque chose, la petite ne méritait pas ça.

Ils quittèrent l'autoroute et s'enfoncèrent dans la forêt.

Une longue ligne droite se profilait devant eux, Serge accéléra progressivement, laissant sa main droite posée sur le pommeau du levier de vitesse. Carlos, dont l'arme était posée à plat sur sa cuisse, déchira la cellophane d'un paquet de cigarettes et appuya sur le bouton de l'allume-cigare.

La voiture avoisinait maintenant les cent kilomètres heure.

Serge avait eu le temps de cogiter pendant le trajet,

et le souvenir d'un reportage télé traitant de la sécurité routière lui était revenu en tête. On y voyait un ancien pilote de formule 1 allemand jouant les pédagogues à l'écran. Dans un français approximatif, il expliquait au téléspectateur comment une personne ayant négligé de boucler sa ceinture pouvait se retrouver projetée à trente fois son poids lors d'un choc. Serge en avait donc déduit que cette voiture pouvait lui servir d'arme, même si cette arme était capable de les tuer tous les deux…

L'allume-cigare émit un petit déclic. Carlos porta la résistance incandescente vers le bout de sa cigarette.

C'était le moment.

Serge retira sa main du levier de vitesse et appuya sur l'attache de la ceinture de sécurité de Carlos. La sangle remonta à pleine vitesse dans l'enrouleur.

Carlos poussa un juron.

À cet instant, Serge braqua violemment le volant vers la gauche. Le brusque changement de direction fit perdre toute son adhérence à l'Audi, elle dérapa en travers de la route avant d'effectuer une série de tonneaux, pareille à une paire de dés lancés sur une piste, livrant Carlos aux lois de l'énergie cinétique.

Les vitres et le pare-brise explosèrent dès le premier impact. La tôle s'enfonça de toute part, dans un fracas terrible. Carlos fut éjecté du véhicule au second tonneau, tandis que Serge gardait les deux mains solidement agrippées au volant. Il ne vit pas sa vie défiler, seul le visage de Janis l'accompagnait au milieu de cette vrille interminable. La voiture acheva son combo puis glissa lentement sur le toit dans un frottement strident. Elle s'immobilisa cinquante mètres plus loin.

Au tumulte du choc avait succédé le silence.

Serge restait encore accroché au volant malgré ses mains ensanglantées, il avait la tête en bas et seule sa ceinture l'empêchait d'aller se cogner contre le plafond froissé de la voiture. L'ordre des choses aurait voulu qu'il ressente une douleur extrême, qu'il ait froid et peur, mais il n'en était rien, tout son corps semblait baigné dans une eau tiède et apaisante. Il se vit coincé dans l'habitacle, inerte et flaccide.

Son regard se tourna vers les bois. Malgré la nuit il discernait la forêt dans ses moindres détails, rien ne lui échappait. Il vit un cerf suivi de sa progéniture qui se déplaçait lentement tout en reniflant le sol, il put ressentir l'inquiétude de l'animal, comme si soudain il faisait part entière avec lui.

Puis, comme si quelqu'un venait d'actionner un zoom surpuissant, il se retrouva subitement penché au-dessus du corps de Carlos. Un son rappelant la fréquence sonore d'une grosse caisse s'échappait de sa poitrine. Serge comprit qu'il s'agissait des battements de cœur de Carlos. Le tempo était assez lent mais régulier. Il fut étonné de ne ressentir aucune haine, aucune envie d'attraper son crâne et d'aller le fracasser contre une pierre. Au contraire, un sentiment de bienveillance s'était emparé de lui. Il décida de s'approcher un peu plus près, les battements résonnaient maintenant dans toute la forêt, éclipsant tout autre bruit.

Soudain, il fut aspiré violemment à l'intérieur de ce qui ressemblait à un tunnel obscur, la vitesse avec laquelle il se déplaçait était vertigineuse sans pour autant que cela ne l'effraie. Il était juste intrigué par une lumière qu'il voyait poindre, et qui paraissait se rapprocher. C'était donc la fin, pensa-t-il. Il allait sans doute se fondre dans ce soleil et tout serait bien, il avait trouvé la paix et plus rien d'autre ne comptait. Mais sa vitesse chuta brutalement et il se sentit tiraillé en sens inverse comme une balle de Jokari fusant vers sa base. Il remarqua qu'il n'y avait pas de lumière de ce côté-ci du tunnel, tout était noir et glacé... Les dieux avaient-ils changé d'avis à la lecture de son curriculum ?

Quand la douleur, le froid et la peur reprirent possession de lui, il comprit qu'il venait de réintégrer son corps. Il voulait retourner dans le tunnel, retrouver son cocon originel, replonger à nouveau dans ce lac de sérénité. Mais il était trop tard, la vie s'était remise à circuler dans ses veines.

Il détacha sa ceinture en grimaçant puis s'extirpa de sa coquille d'acier en passant par la fenêtre conducteur. Il rampa à quatre pattes jusqu'à la lisière du bois. Ses côtes et son bras droit le faisaient souffrir, à l'inverse ses jambes paraissaient avoir été épargnées. Il s'enfonça de quelques mètres dans la forêt et s'appuya contre un arbre. Il ne pouvait pas rester là, des gens allaient bientôt venir, il faudrait qu'il s'explique.

— Sers-toi de tes jambes, se répéta-t-il, sans se rendre compte qu'il paraphrasait Jésus.

Il prit la direction de Rambouillet en longeant le tracé de la route. Au bout d'une heure il arriva dans la ville. Éreinté et hors d'haleine, il marcha le long d'une grande rue, jusqu'à trouver un panneau indiquant la direction de la gare. Les toilettes publiques n'étaient pas verrouillées, il nettoya ses coupures au visage à l'eau froide, puis s'examina un instant : ses joues étaient méchamment tuméfiées, ses paupières et sa bouche avaient doublé de volume, il semblait tout droit sorti d'un tête-à-tête avec Mike Tyson.

Il se dirigea vers le quai, consulta les horaires scotchés sur une des portes vitrées, puis il s'assit sur un banc en béton jouxtant le mur de la gare, à l'abri du vent. Le premier train n'était pas avant cinq heures du matin, il avait donc trois bonnes heures à tenir avant de retrouver un semblant de chaleur.

Il remonta le col de sa veste et tenta de faire le point malgré la douleur lancinante. Premièrement, il était vivant, ce qui n'était pas la moindre des choses vu le déroulement de la soirée. Mais une autre chose l'intriguait plus que tout : que s'était-il réellement passé juste après l'accident ? Difficile de formaliser une telle expérience, même s'il avait lu des articles et regardé des reportages sur les états de mort imminente, tous ces gens racontant sur un fond de musique New Age comment ils s'étaient vus sortir de leur corps inanimé, comment ils avaient pris ce tunnel pour se retrouver devant un être de lumière ou des parents proches.

Jusqu'à cette nuit, Serge avait toujours mis ce genre de témoignage sur le compte de l'aliénation mentale. Pour lui, la mort se résumait à un écran noir sans fin. Mais il ne pouvait pas nier ce qu'il venait de vivre, il savait que cela n'avait aucun rapport avec le domaine du rêve ou une chimère fabriquée par son cerveau. Il devait bien admettre qu'il s'était promené au-dessus de sa tête, et aucun manuel ne pouvait expliquer ça. « En tout cas, s'il y a une lumière au bout de ce tunnel, ce sera celle de l'enfer ! » pensa-t-il. « Je n'ai pas arrêté de blasphémer toute ma vie, j'ai détesté l'humanité, et j'ai tué un homme, ou deux… »

Trois heures plus tard, il fut réveillé par le crissement des roues de la motrice du train régional entrant en gare.

Il monta dans un wagon aux trois-quarts vide. Les rares passagers finissaient leur nuit, la tête renversée sur le dossier des banquettes. Seul un jeune homme, plongé dans un roman de Stephen King, le surveillait du coin de l'œil, craignant sans doute que Serge ne lui croque la nuque et le transforme à son tour en zombie.

Recroquevillé sur lui-même, Serge pensait à Janis, seule, épinglée à sa chaise. Cela faisait beaucoup pour une jeune femme, elle aurait sans doute du mal à refaire surface. Mais avec du temps et de l'amour les choses pourraient s'arranger, désormais ils avaient la vie devant eux.

Une fois rendu à la gare Montparnasse, il s'acheta un ticket de métro au distributeur automatique avec la monnaie qui traînait au fond de ses poches puis prit la ligne 13 jusqu'au terminus « Châtillon-Montrouge ». Il parcourut les derniers mètres le séparant de sa maison en boitillant sous la lumière orange du petit matin.

Elle était là, inerte, la tête pendant vers le sol.

Serge s'agenouilla devant elle et saisit son visage entre ses mains, il murmura plusieurs fois son prénom. Les yeux de Janis s'ouvrirent comme un store que l'on déroule au ralenti. Dès qu'elle reprit connaissance, elle se mit à crier. Serge lui plaqua la main sur la bouche tout en lui répétant doucement :

– C'est moi, c'est moi, tout va bien.

Elle regarda par-dessus son épaule.

— Ne t'inquiète pas, c'est terminé. Je m'en suis débarrassé.

— Où est-il ? demanda-t-elle, encore sous le choc.

— Je l'ai envoyé dans le décor avec la voiture.

— Il... il est mort ?

— Je n'en sais rien... Avec un peu de chance, oui.

— Tu es blessé !

— C'est superficiel.

Quelques coups de perceuse dans la serrure des menottes suffirent à désentraver les mains de Janis. Une fois libérée, elle étreignit Serge comme un enfant sortant d'un cauchemar.

— Je me suis vue mourir.

Serge la serra à son tour.

— Moi aussi, ma puce, moi aussi.

Chapitre 12

Mattis avait retiré ses chaussures et s'apprêtait à passer une soirée tranquille, n'importe quelle émission de télé ferait l'affaire, l'essentiel était de ne pas penser. Mais le téléphone sonna juste au moment où une blonde volcanique s'apprêtait à révéler ce qui se passait sous sa jupe.

— Lieutenant de police Moreau à l'appareil. On a retrouvé votre type, il a de la terre plein la bouche…

Quand Moreau ouvrit la porte de son bureau, il portait un anorak de ski rouge, son col était relevé jusqu'au menton, et une goutte translucide perlait de sa narine droite. Mattis ne fit aucun commentaire. Les pièces du dossier étaient étalées sur une table, voisinant dangereusement avec un gobelet plastique blanc à moitié rempli de café.

— C'est un type qui allait aux champignons avec son chien qui l'a découvert. Le trou n'était pas assez profond et le clebs a commencé à gratter. Notre gars n'était pas un grand courageux, ou bien il a été dérangé. Les collègues de Rambouillet m'ont transmis une copie des premières constatations. Vous allez voir, on n'est pas loin de la cinquième dimension. On a mis au jour son identité grâce une facturette de carte bleue retrouvée dans la poche arrière de son jean. C'est vraiment un crime d'amateur. Je dis crime, parce que le cadavre présentait une blessure sans doute causée par une arme à feu. L'autopsie a lieu demain, on en saura davantage. Vous en pensez quoi ?

— Je pencherais pour un règlement de comptes entre dealers.

— Probable. Cette forêt est un vrai cimetière... C'est le troisième cadavre en six mois, m'ont raconté les gendarmes. Mais attendez, il y a autre chose.

— C'est-à-dire ? demanda Mattis qui lui aussi commençait à renifler.

— Les gars ont fait une battue aux alentours pour dégoter des indices et... devinez ce qu'ils ont trouvé !

Mattis ne put s'empêcher de visualiser des dizaines de ballots de cocaïne.

— J'ai pas envie de jouer au détective, Moreau.

— Ha, ha ! Je peux bien ménager le suspense... Bon, ils ont trouvé un flingue.

— Merde !

— C'est le mot qui convient.

Mattis se mit à arpenter le bureau – il réfléchissait toujours mieux en marchant –, essayant de relier les informations entre elles.

— Le tueur doit être un demeuré. À quelle distance ils l'ont découvert ?

— Deux-trois cents mètres. Mais…

— Moreau, si vous avez résolu l'affaire, dites-le moi tout de suite.

— Je vous ai gardé le meilleur pour la fin… Il y avait aussi plein de débris de verre et de plastique juste à côté de l'arme, signe qu'un accident avait eu lieu. Après enquête, les gars ont réussi à faire la corrélation entre ces débris et la sortie de route d'une voiture survenue il y a quelques jours. Ils ont retrouvé le propriétaire du véhicule, et…

— Moreau…

— J'y arrive… Carlos ! Le frère de José, triompha-t-il comme s'il venait d'obtenir un rencard avec Salma Hayek.

— Tout s'explique alors, c'est bien un règlement de comptes, mais fratricide.

— Faut quand même attendre les résultats de la balistique pour aller au-delà des présomptions. Le frérot est encore à l'hôpital, il est enrubanné de la tête aux pieds.

— Je ferai en sorte que votre nom apparaisse en gras lorsque j'établirai mon rapport au procureur.

— Vous savez bien que les promotions n'arrivent qu'à l'approche de la retraite. Merci quand même.

Mattis sortit du bureau de Moreau en sifflotant, même si un détail ne collait pas : le message laissé par Carlos sur le répondeur de José. Pourquoi s'inquiéter du sort de son frère si on l'a buté soi-même ? Sans doute une mise en scène pour se disculper au cas où… Ces mecs-là étaient des spécialistes de l'embrouille depuis la maternelle.

Il remonta dans sa voiture et composa le numéro de Carole. Il savait qu'elle se couchait tard et que le lendemain était férié.

Il débarqua dans l'heure avec une bouteille de champagne achetée une fortune chez un épicier arabe. Carole portait la même robe noire échancrée que la dernière fois, ce qui une fois de plus était bon signe, pensa Mattis tout en essayant de réprimer un début d'érection tandis qu'il urinait dans la cuvette des toilettes. Elle avait préparé des toasts aux rillettes de thon et disposé des petits bols de crudités découpées en lamelles sur la table basse du salon. Mattis s'assit en tailleur sur la moquette et croqua dans un bâton de carotte. Il relata le contenu de sa conversation avec Moreau en insistant plus particulièrement sur l'exhumation du corps car il savait d'expérience que ce genre de récit morbide provoquait chez Carole une explosion de phéromones.

Le champagne fut expédié en moins d'une demi-heure, ils passèrent au vin rouge.

Mattis commençait à se sentir bien, le nœud qui lui tiraillait le ventre avait disparu. Il se promit d'attendre encore quelques minutes avant de poser sa main sur la cuisse de Carole.

— Tu sais, j'ai bien réfléchi depuis notre petite discussion de la dernière fois, dit Carole tout en s'allumant une cigarette.

Mattis hocha la tête comme s'il se souvenait de la teneur de sa dernière soirée avec Carole.

— J'ai décidé de me prendre en main.

— C'est très bien, ça.

— Et je commence ce soir.

— Il faut fêter ça.

Il leva son verre.

— Si tu veux coucher avec moi, tu devras rester jusqu'à ce que tu aies pris ton petit déjeuner. Et je veux que la prochaine fois, nous allions au restaurant. Je veux aussi que tu m'appelles dans la journée – quand tu n'as pas bu – et, c'est là mon ultime désir pour l'instant, que tu m'emmènes en week-end quelque part.

Elle avait dit ça d'une traite en regardant la moquette.

— Mince…

— Alors ?

— Tout ce que tu voudras, ma belle.

Mattis se dit qu'il pouvait céder sur le petit déjeuner, même s'il préférait se réveiller dans son lit et, de préférence, seul. Pour le reste, il avait bien le temps d'y réfléchir.

Il posa enfin sa main sur la cuisse de Carole et la bascula sur la longueur du canapé. Il déboucla sa ceinture et fit glisser son jean qui se ratatina au niveau de ses chevilles, bloqué par ses chaussures. Il s'allongea sur elle et glissa sa main sous sa robe.

— Doucement, chuchota-t-elle.

Deux minutes plus tard elle se mit sur lui. Mattis cala ses paumes sous ses seins, tout en leur appliquant de courts baisers, puis ils accordèrent la rythmique de leurs bassins, Carole accéléra ses va-et-vient tandis que Mattis mettait toute son énergie à canaliser son désir et ne pas jouir avant elle. Tout à coup, Carole se raidit comme si elle venait d'être atteinte par une décharge électrique et rejeta sa tête en arrière. Mattis l'étreignit à son tour et se mit sur elle, quelques secondes plus tard il explosa en silence.

Il fut réveillé par une odeur de café, Carole le regardait avec un sourire qu'il ne lui connaissait pas. Elle portait une robe de chambre en satin rouge sur laquelle était imprimé un dragon en furie, un de ses seins débordait de l'échancrure.

— Peut-être que tu préfères du thé ?

— Le café c'est très bien.

Mattis récupéra son caleçon et l'enfila.

— On aurait pu se faire une expo aujourd'hui, dit-elle.

— Tu es en train de rallonger la liste. Je dois faire un saut au bureau, l'affaire dont je t'ai parlé hier soir…

— Ah…

Mattis n'avait aucune intention de passer à son bureau mais la perspective de passer une journée au musée avec la gueule de bois et une femme pendue à son cou l'avait poussé à mentir.

Il prit quand même le temps de prendre une douche et de discuter cinq minutes, Carole méritait bien un largage en douceur. Ils s'embrassèrent sur le pas de la porte et Mattis dévala les escaliers comme si l'immeuble menaçait de s'effondrer d'une minute à l'autre. Il prit sa voiture et se dirigea vers la place des Vosges. Il se gara sur une aire de livraison et décida de profiter du soleil en marchant un peu dans Paris. Le sexe le rendait de bonne humeur. Il comptait ensuite rentrer faire une petite sieste et se louer un ou deux DVD pour la soirée qu'il regarderait en mangeant une pizza quatre fromages.

Les premières mesures de basse de « Seven Nation Army » retentirent dans la poche de son pantalon, c'était Carole. Elle semblait en pétard.

— Franck, j'ai réfléchi et je ne crois pas du tout à

ton histoire de bureau. Tu cherches plutôt à te défiler. Je me trompe ?

Mattis renonça à poursuivre son baratin.

— Carole, je ne peux pas changer du jour au lendemain comme ça… J'ai fait ce que tu voulais, on a pris un petit déjeuner ensemble. Il faut faire les choses doucement.

— Tu n'as rien compris Franck, et moi non plus d'ailleurs !

Mattis n'eut pas besoin de trouver une réplique, Elle avait raccroché.

Persuadé qu'il saurait raccommoder leur relation, il continua sa promenade en s'étonnant une fois de plus de la beauté de Paris. Il s'installa à une terrasse de café, commanda un expresso et passa la demi-heure suivante à observer le spectacle de la rue. Le week-end débutait, chacun récupérait sa vie, les gens souriaient, ils semblaient avoir retrouvé un peu de confiance. Des femmes incroyables déambulaient sur les trottoirs, arrogantes et fascinantes à la fois, tandis que le soleil découpait la place des Vosges en tranches de lumière chaleureuses. Comme c'était bon de prendre son temps sans penser à rien. Une vraie performance pour Mattis. Il régla son café et se dirigea vers sa voiture, il avait envie d'une douche, et surtout de prolonger cet état miraculeux au moins quelques heures encore. Une fois arrivé chez lui, il grimpa ses deux étages en quelques enjambées.

Il s'arrêta net devant sa porte. Son fils Lucas était assis sur la dernière marche. Il referma sa console portable et leva la tête vers Mattis.

— T'as oublié ou t'es en retard ?

Comme chaque samedi le restaurant regorgeait de monde, les clients étaient détendus et bavards.

Mattis commanda deux Coca Light.

— Tu bois ça, toi maintenant ?! s'étonna Lucas.

— Tu le diras à ta mère. Tu veux manger quoi ?

— Un steak frites avec du ketchup.

— Tu veux pas changer pour une fois ?

— Ben non. Pourquoi… ?

— Comme tu voudras. Alors, comment ça se passe à l'école ?

— C'est chiant.

— Ne dis pas ça. Mais tu suis quand même ?

— Bien obligé, sinon maman me coupe le forfait.

— Logique. Tu la remercieras plus tard. Sinon, elle va bien ?

— Elle a un copain.

Mattis regretta d'avoir commandé un soda.

— Ah… Il est sympa ?

— Il est ch… Je veux dire, il passe son temps à faire du sport.

L'image de son chef en tenue de coureur de fond apparut sous les yeux de Mattis.

— Il est pas flic par hasard ? s'inquiéta-t-il.

— Ben non, il est médecin.

Mattis leva le bras en direction du serveur.

— Je vais prendre un peu de vin finalement.

— Dis donc, t'as pris du bide, papa.

Mattis se redressa légèrement.

— Ça me sert de gilet pare-balles. Mais il est comment son copain à ta mère ?

— Je t'ai dit, il fait du sport et après il dort.

Il y eut un silence. Les multiples conversations

s'entremêlaient, provoquant un brouhaha confus.

— On se voit pas assez, papa.

— Je suis d'accord, tu me manques. Mais on n'y peut rien, c'est la vie.

— La loi, tu veux dire.

— Les vacances approchent, tu pourras amener ta PS3 à l'appart'.

— Et interdiction de manger des légumes.

— D'accord, tu ne dis rien à ta mère. Je ne sais pas pourquoi mais les femmes passent leur temps à me faire la morale.

— Parce que t'as pas grandi, papa. Au fait, je dois aller à un concert ce soir.

— Ha. C'est qui ?

— Tu connais pas, c'est du rap.

— Et si je t'accompagnais ?

— Pas sûr qu'ils te laissent entrer…

Mattis était passé chez lui se changer, il avait opté pour un jean délavé et un tee-shirt noir sur lequel était inscrit « Sandinista ».

Lucas portait lui aussi un jean, mais beaucoup plus large, les poches arrières tombaient au niveau des cuisses et on pouvait voir un bon tiers de son caleçon. Sur son tee-shirt, noir lui aussi, était écrit en style graffiti « Vibro-Man ».

— On fait un beau couple tous les deux, lâcha Mattis. Ta mère est là ?

— Elle regarde les infos.

— Je peux entrer cinq minutes ?

— Vaut mieux pas, je vais me faire engueuler.

— Cinq minutes, il faut que je lui parle.

— Maman ! hurla Lucas. Papa tient absolument à te parler.

Isabelle apparut dans le corridor, le teint pâle comme si on venait de la tirer de son sommeil. Elle examina Mattis du regard.

— Entre.

Ils étaient debout, face à face. Isabelle coupa le son du téléviseur.

— Je t'écoute.

— Je voulais te dire, pour la pension, je vais te faire un virement automatique plutôt qu'un chèque.

— T'as cassé ta tirelire ?

— Non, mais maintenant je vais faire attention.

— Bien. Autre chose ?

— Tu ne verrais pas d'inconvénient à ce que je sorte de temps en temps avec Lucas en dehors du droit de garde ?

— Aucun. Mais dis-moi, qu'est-ce qu'on t'a injecté ? Ou bien tu t'es converti à un truc, tu fais partie d'une secte qui prône l'amour de ses enfants et le sens des responsabilités ?

— J'ai changé.

— Je vois, dit-elle en hochant la tête comme pour désigner son tee-shirt.

— Non, ça, c'est pour le concert, fit Mattis en riant. Je suis avec quelqu'un et…

— Me raconte pas ta vie… Si tu changes c'est bien, mieux vaut tard que jamais. Mais je ne te pardonnerai jamais ce que tu nous as fait avant.

— Lucas le fait bien pourtant.

— Lucas a besoin de toi, pas moi.

— Je suis désolé.

— Pas autant que moi.

Ils marchaient dans la rue, les mains dans les poches.

— Alors ? Comment ça s'est passé avec maman ?

— Elle peut toujours pas me sacquer.

— Ça lui passera.

Ils arrivèrent devant la salle de concert. Mattis repéra un revendeur à la sauvette et se dirigea vers lui. Grâce à sa carte il obtint un tarif préférentiel. Ils se fondirent dans l'obscurité au milieu de plusieurs centaines d'ombres. Lucas voulut se rapprocher de la scène, Mattis le suivit, voyant à contrecœur s'éloigner l'emplacement de la buvette. Le concert débuta dans un déluge de basses, puis un grand échalas surgit sur la scène sous les hurlements de la foule. Il porta goulûment le micro à sa bouche, son débit était rapide, et même si Mattis avait du mal à capter le sens des paroles, il se surprit à suivre le flow d'un hochement de tête, sous l'œil hilare de son fils. L'ambiance était bon enfant, les jeunes Blancs communiaient avec les Blacks, les Beurs, les Asiates.

À la fin du troisième morceau, Mattis ressentit le besoin de faire une pause, il gagna le bar en retraversant la salle à contre-courant. La barmaid lui servit une bière dans un grand verre en plastique. Mattis s'adossa à un pilier. Il se sentait bien, il n'avait pas l'intention de se saouler, juste envie d'observer ces jeunes gens reprenant comme un hymne chaque titre du groupe. Il se dit que lui aussi avait été pareil, plein d'espoir et d'énergie. Lui aussi avait éprouvé cette rage d'exister, cette envie de renverser le monde, mais le monde n'avait pas cillé d'un pouce, il était toujours là, terrible et injuste, alors, comme les autres, il avait renoncé. Lutter était bien trop compliqué, trop épuisant.

Mattis roulait lentement, ils avaient ouvert leurs fenêtres tout en laissant le chauffage allumé à l'intérieur. La musique du concert résonnait encore dans leur tête.

— Papa, tu penses qu'il y a quelque chose après la mort ou tu crois que c'est comme avant la naissance ?

S'il avait été au téléphone Mattis aurait raccroché immédiatement.

— Pourquoi tu me parles de ça subitement ?

— Je sais pas, j'y pense souvent...

— Ce genre de préoccupations n'est pas de ton âge, tu as la vie devant toi.

— Maman, elle croit qu'il y a autre chose.

— La croyance est quelque chose de très personnel. Moi, je te dirais qu'il n'y a rien et que ça me va très bien. Et toi, tu penches pour quoi ?

— J'hésite. Déjà, je ne crois pas à la religion, y'a trop d'effets spéciaux, genre je marche sur l'eau, etc. Mais d'un autre côté, la vie en elle-même est déjà tellement dingue... Alors, pourquoi pas ? Et puis ça m'arrange aussi. J'ai pas envie de vous perdre, toi et maman.

— Je comprends. Tu sais, si ça peut te rassurer, je suis le pire pronostiqueur que la police ait engendré... Mais surtout, pense à ta vie, pense à ce que tu veux devenir, tu vas vite devoir faire des choix qui t'impliqueront pour longtemps.

— Plein de choses m'intéressent mais aucune ne se dégage vraiment...

— Le mieux, c'est de croire en toi.

Mattis émit un petit sourire satisfait. Il trouvait que prise dans ce contexte, sa formule avait de la gueule.

— On dirait du Britney Spears... lâcha Lucas en

souriant. Tu devrais te trouver une femme, papa. C'est pas bon pour ton moral d'être seul…

Ils se firent la bise au bas de l'immeuble.

— Prends soin de toi. Dès que j'ai des billets pour Britney, je t'appelle.

Comme à chaque fois qu'il venait de voir son fils, Mattis ne trouva pas le sommeil. Les souvenirs de son ancienne vie de couple se succédaient comme autant de coups portés au plexus. Mais il ne pouvait pas revenir en arrière, juste constater les dégâts et continuer à expier ses erreurs, inlassablement.

Chapitre 13

Carlos avait été projeté à plus de trente mètres de la voiture. Dès le premier impact, ses jambes et plusieurs de ses côtes s'étaient fracturées, comme des bâtons de craie lâchés sur le sol. Il avait rebondi deux fois encore sur l'asphalte avant d'atterrir lourdement derrière un talus bordant la route.

Il se réveilla trois semaines plus tard, à l'hôpital, dans un sarcophage de plâtre, alimenté par de multiples cathéters. L'administration de morphine au compte-gouttes suffisait à peine à diminuer l'intensité de sa douleur. Mais ce qui le faisait le plus souffrir était de ne pas avoir réussi à retracer le fil des événements de cette nuit-là. Bizarrement, les seules images qui tournaient dans sa tête depuis trois jours étaient celles d'un dimanche d'hiver passé à Deauville, en compagnie de ses parents et de José, quinze ans plus tôt.

Il se revoyait avec son frère, se coursant sur la plage, la peau trempée de sueur sous leurs anoraks reprisés. C'était son premier contact avec la mer et il avait été fasciné par sa masse, son étendue et sa puissance. Le midi, ils avaient pique-niqué d'un sandwich sur la plage, puis ils s'étaient promenés sur les planches de Deauville, se mélangeant aux cols de fourrure des bourgeoises parisiennes venues passer le week-end dans leur sobre bâtisse du XIXe siècle. Il se souvenait encore parfaitement du dégoût mêlé de fascination qu'il avait éprouvé devant tout cet étalage de fric. Mais depuis, la fascination l'avait emporté, et il avait réussi lui aussi à se tailler un chemin, à sa façon, à travers le monde.

Il somnolait depuis une heure quand il discerna une silhouette se tenant devant lui. C'était Sammy.

— Franchement, ça fait plaisir, fit-il.

Carlos cligna des yeux en signe d'approbation.

— T'as vraiment eu de la chance, t'aurais pu y rester.

— Faut croire que Dieu ne m'en veut pas tant que ça...

— *Inch'Allah*, mon frère.

Carlos se redressa légèrement.

— Je vais avoir besoin de toi.

— Je suis là pour ça.

— Bien. Déjà, démerde-toi pour que j'aie le satellite et des repas corrects, j'en peux plus des séries allemandes et de leur bouffe merdique.

Carlos fronça les sourcils.

— Mais qu'est-ce que t'as à sourire commc ça ?

— T'as rien remarqué ?

— Non, si tu veux en ce moment je n'ai pas trop la tête à remarquer des choses.

Sammy sourit de plus belle.

— Mes dents ! Mate mes dents.

— Ah ouais, c'est vrai. Bravo, Sammy. Tu vas pouvoir pécho maintenant.

Sammy allait se lancer dans un descriptif détaillé de son intervention chirurgicale mais Carlos le coupa net.

— Raconte-moi ce qui s'est passé, je ne me souviens de rien.

Sammy se concentra sur ses chaussures.

— La dernière fois que je t'ai vu c'était pour te donner l'adresse du vieux et de la fille…

L'image de Serge et de Janis apparut sur le mur blanc qui faisait face à Carlos.

— Tu étais à la recherche de José et tu pensais qu'ils savaient quelque chose.

José vint se mêler aux deux visages.

— Ensuite… ?

— T'as eu un accident de voiture le soir même dans la forêt de Rambouillet et on t'a ramassé à la petite cuillère. C'est tout ce que je sais.

Carlos projeta une forêt sur le mur puis il ajouta à sa composition son véhicule et installa Serge, Janis, José et lui-même à l'intérieur. Il sentait que la porte le menant aux événements de ce soir-là n'était plus très loin.

— Ça ira, Sammy. Je vais me concentrer là-dessus. Encore une chose, ça serait bien que tu passes à l'appart' faire un peu de rangement et me ramener quelques frusques.

— Pas de souci.

— Approche-toi maintenant.

Sammy s'exécuta. Il dut se pencher, Carlos s'était mis à chuchoter.

— Il faut que le business continue à tourner, tu te sens capable d'assurer l'intérim ? Il y a suffisamment de stock pour tenir jusqu'à mon retour, il te suffira de fournir les doses à nos revendeurs, et d'encaisser la thune. Tout est dans le coffre de l'appart' d'Aïcha, elle t'aidera.

Sammy reprit son air de ministre.

— Tu peux compter sur moi, je gère.

— Pas besoin de te dire que je sais exactement combien il y a de marchandise, Sammy ?

— Je ne te décevrai pas, répondit Sammy en détachant chaque syllabe du verbe de peur de faire une faute de prononciation.

— C'est bien Sammy, tu grandis. Tiens-moi au courant.

— T'inquiète, je m'occupe de tout. Repose en paix…

— Sammy…

— Quoi ?

— Ta phrase, là, « repose en paix », c'est pour les morts !

— Ah ouais, j'étais pas sûr, désolé.

Sammy lui tapota le plâtre de sa cuisse et se dirigea vers la porte. Juste avant de sortir de la chambre il se retourna, un énorme sourire aux lèvres.

— Ça le fait quand même, non ! ?

Carlos hocha la tête et attendit que Sammy ait refermé la porte pour reprendre le cours de ses réflexions. Il fixa le mur à nouveau, les protagonistes étaient toujours là, installés dans la voiture. Il faisait nuit. Et tout à coup le film se déroula devant ses yeux en un seul plan séquence. Janis et José s'effacèrent du mur, le laissant seul avec Serge. Carlos vit son arme posée sur sa cuisse, puis sa main ramenant l'allume-cigare vers lui. Il entendit le déclic de la ceinture suivi du hurlement de la voiture quittant sa trajectoire. Le film s'arrêta brutalement au milieu de la scène, le mur reprit sa teinte immaculée. Mais cela suffit à lui faire comprendre qu'il s'était fait piéger, maintenant il était persuadé que son frère était mort.

L'infirmière de garde touillait son café tout en essayant de se projeter mentalement sur une plage des Caraïbes quand la tête de Mattis apparut dans l'encadrement de la porte. Et il n'avait rien du beau gosse censé lui enduire le dos de monoï, pensa-t-elle en se levant.

Mattis déclina son identité et lui demanda si elle pouvait le conduire à la chambre de Carlos.

Ils empruntèrent un long couloir. Mattis marchait tête baissée. Son teint était pâle, ses joues creuses, et sous ses yeux, de gros cernes violets lui donnaient le même air sinistre que ces portraits de clowns accrochés au mur des chambres d'hôtel bon marché.

Ils arrivèrent devant la chambre.

— Je vous préviens, ce monsieur est très mal éduqué, il passe son temps à nous insulter. Qu'est-ce qu'il a fait ?

— Il conduit comme un manche.

— Je vous souhaite bien du courage.

Mattis remercia l'infirmière. En regardant ses jambes il se dit que son numéro de portable pourrait lui être utile pour les besoins de l'enquête.

Il entra.

Carlos actionnait une pince de musculation dans sa main droite. Il fixa Mattis d'un air agressif.

— Qu'est-ce que vous me voulez ?

— Deux, trois questions à te poser, dit-il en sortant sa carte de lieutenant de police.

Mattis avait pourtant suivi un stage d'une journée sur l'influence négative du tutoiement systématique des suspects mais c'était plus fort que lui. Il considérait que le vouvoiement était une marque de politesse superflue, et surtout inappropriée, en face d'individus comme Carlos.

Il appuya sur une lamelle du store de la chambre avec son index et jeta un œil sur la rue. C'était comme d'habitude, les gens rentraient chez eux le plus vite possible, le nez fixé sur le trottoir.

— Pourquoi tu es revenu sur les lieux ? Tu voulais vérifier que le cadavre de ton frère pourrissait bien ?

Carlos grimaça, la mort de son frère devenait officielle dès cet instant.

— Je ne sais pas de quoi vous parlez, répondit-il la mâchoire serrée.

— Si tu savais combien de fois j'ai entendu cette phrase, on pourrait en faire un tee-shirt.

— Je ne me souviens de rien.

— J'ai compris, tu vas te la jouer perte de mémoire ? On a retrouvé ton calibre à même pas trois cents mètres de ton frangin.

Carlos n'écoutait plus, il avait juste envie de se

lever et de tordre le cou à ce flic prétentieux.

— J'y suis pour rien.

— Faudra le prouver.

— De toute façon je bave pas aux flics.

— Écoute-moi bien, Toutânkhamon… Quand tu sortiras d'ici, t'auras un meurtre sur le dos et de jolis bracelets t'attendront à l'accueil.

— J'ai tué personne.

— Je ne comprends pas comment on peut buter son frère… même si je suis fils unique.

— Comment il est mort ?

— Tu lui as tiré une balle dans le buffet. C'est le genre de détail qu'on n'oublie pas, non ?

— Laisse-moi seul, dit Carlos, presque en chuchotant.

— Quel théâtre tu nous fais ! Je parie que toi aussi t'es un fan d'Al Pacino, lança-t-il dans le but de lui montrer qu'il n'était pas dupe. Mais laisse-moi te dire une bonne chose, si la balle qui l'a tué provient bien de ton arme, tu sauras quoi faire de tes vingt prochaines années…

Mattis reprit le chemin du commissariat. Dès son arrivée il se fit remettre les enregistrements des messages vocaux laissés par Carlos sur le répondeur téléphonique de son frère. Ce n'est qu'après les avoir écoutés une bonne dizaine de fois qu'il crut déceler une inflexion anormale dans la voix de Carlos. Sa conviction était faite, ces messages n'étaient qu'une tentative grossière d'aiguiller les enquêteurs sur une fausse piste, des « *fake* ! » aurait dit son fils. Carlos avait liquidé son frère, il en était maintenant intimement persuadé. Quant à son mobile… Les histoires d'argent ou la rivalité amoureuse étaient des grands classiques dans le répertoire des motifs poussant à commettre un crime.

Il alluma son ordinateur et s'attela à rédiger le procès-verbal de l'interrogatoire de Carlos. À cet instant, Rémi entra dans le bureau tout en mâchant un cheeseburger mou et tiède. Borsatti arriva à son tour en expirant bruyamment. Les joues encore creusées par l'effort, il sortit une barre énergétique de son K-Way et croqua dedans.

— Encéphalopathie spongiforme, dit-il en désignant de l'index le casse-croûte de Rémi. Bien, où en est-on de l'affaire Cuervos ?

Mattis imprima son rapport et le tendit à son chef.

Appuyé contre le mur, Borsatti fit deux-trois étirements tout en parcourant la prose de Mattis.

— En somme, on n'attend plus que le feu vert de la balistique pour le boucler ? Et en admettant que ce soit lui qui approvisionne sa cité en dope, ça nous ferait d'une pierre deux coups : meurtrier et dealer. Sans compter le revendeur de la rue d'Alésia. J'envoie une demande pour qu'on obtienne l'autorisation de mettre un agent en faction devant sa piaule, en attendant qu'il récupère, mais je ne vous promets rien, en ce moment ça dégraisse sec au ministère de l'intérieur.

— Les Ch'tis s'éloignent, fayota Rémi.

— Ouais… Vous imaginez que là-bas, ils trempent leurs frites dans de la mayonnaise !

Chapitre 14

Le parc était bondé. Des nounous africaines discutaient entre elles pendant que les gamins dont elles avaient la charge se poursuivaient en hurlant autour des structures de jeu en métal multicolores. Plus loin, des cadres assis sur des bancs déjeunaient d'un sandwich tout en compulsant le BlackBerry posé sur leurs cuisses.

— Regarde-moi ces types... fit Hamid qui arpentait le parc en compagnie de Serge. Toujours le nez fourré dans leurs portables, comme si une information essentielle leur parvenait toutes les minutes.

— Question de génération.

— Ouais, y'a qu'à dire ça. Tu sais, Serge, j'ai rien dit à ce mec qui te cherchait. Je l'ai vu causer longtemps avec le patron... Et j'ai vu aussi qu'un billet de cinquante avait changé de main. Il t'a rendu visite ?

— Oui, c'est pour cette raison que je t'ai appelé. J'ai besoin de passeports.

— C'est si grave ?

— Je préfère être prudent.

— Les faux papiers ça coûte cher… Enfin, si tu veux de la qualité, c'est mille cinq cents euros pièce.

— Je suis au courant, j'ai consulté les tarifs sur internet… Combien de temps il te faut ?

— Je connais un Bulgare, Pavel. T'as dû le voir quelquefois au café. Je sais qu'il rend ce genre de service… Je peux le contacter… mais j'ai besoin de photos, adresses, noms, prénoms.

Serge sortit une enveloppe kraft de sa veste.

— Tout est là-dedans, j'ai l'argent aussi.

— Eh ben mon vieux…

— Je suis pressé. Mais une chose, Hamid, si toi ou un de ces Bulgares essayait de m'enfler…

Il entrouvrit son blouson, la crosse de son revolver dépassait de la poche portefeuille.

— Merde, Serge ! Qu'est-ce qui t'est arrivé ?

— Je suis un homme nouveau, Hamid, juste un homme nouveau.

Serge prit un bus pour rentrer. Sa vie était devenue très compliquée mais il ne l'aurait changée pour rien au monde. Restait quand même un problème à régler, et pas des moindres : Carlos. Il avait eu beau retourner la question dans tous les sens, il ne se voyait pas vivre avec la crainte perpétuelle de voir débarquer chez lui ce fou furieux. Il avait pris sa décision peu après avoir téléphoné au commissariat de Rambouillet en se faisant passer pour un proche de la famille. Le policier lui avait indiqué que Carlos avait été transporté dans un sale état à l'hôpital Saint-Antoine à Paris. Un autre coup de téléphone à l'accueil avait suffi à le renseigner sur le numéro de chambre. Maintenant, il ne restait plus qu'à l'envoyer rejoindre José dans son pandémonium une bonne fois pour toutes.

Le riff acéré de la chanson « L'Homme pressé » résonnait dans toutes les pièces. Serge, soucieux de la pérennité de son système auditif, baissa le volume de la chaîne.

— J'entends plus rien ! cria aussitôt Janis.

Sa voix provenait de la salle de bains, Serge la rejoignit. Il s'arrêta sur le seuil de la porte, intimidé et fasciné à la fois d'entrevoir le corps nu de Janis, plongé dans un bain fumant.

— Désolée, mon iPod est déchargé, dit-elle tout en affichant un grand sourire désinvolte. Tu veux me rejoindre ? continua-t-elle, faussement candide.

Serge agrippa la poignée de la porte et la serra aussi fort qu'il put. Il ne voulait pas exhiber sa vieille carcasse sous la lumière crue du néon de la salle de bains, le contraste aurait été trop cruel.

— C'est gentil, mais je suis juste repassé grignoter un morceau. Je dois ressortir… Un vieil ami que je n'ai pas vu depuis longtemps.

Il n'avait rien dit à Janis, elle lui aurait déversé une tonne d'arguments pour qu'il ne passe pas à l'acte. Et la seule chose dont il avait besoin à cet instant était du courage, uniquement du courage.

Le métal froid du pistolet plaqué sur son ventre lui rappelait qu'il allait encore tuer un homme. Il pensa à cette expression que les Américains accommodent à toutes les sauces : « Finir le travail. » Car c'était bien de cela qu'il s'agissait, Carlos avait eu droit à son petit miracle, la mort avait raté son coup, maintenant, il était dans une chambre en train de recoller ses os, et sans doute à imaginer une vengeance à la hauteur de sa colère. Mais désormais, la réalité allait reprendre le dessus, finies les interventions divines, terminées la transcendance et les décorporations champêtres. Il allait lui régler son compte, pour de bon.

Serge se gara à l'extérieur de l'hôpital. Il resta quelques minutes dans sa voiture à imaginer la scène qu'il allait jouer, les gestes à exécuter. Le vigile posté à l'entrée s'entretenait de façon plutôt virile avec un SDF. Serge en profita pour pénétrer dans le hall sans se faire remarquer. La chance était avec lui, le jeune agent de nuit pianotait fiévreusement sur le clavier de son téléphone portable. « Question de génération » se répéta Serge tout en se dirigeant d'un pas rapide vers l'escalier principal. Il monta au premier étage puis prit l'ascenseur. La porte s'ouvrit sur un couloir large et profond, un homme de ménage passait la serpillière sur le carrelage au ralenti tout en fredonnant une chanson en kabyle.

Serge consulta la signalétique et se dirigea vers la chambre de Carlos. Sa respiration se fit plus courte et il sentit battre son sang contre ses tempes. Il ne lui restait que quelques mètres à faire quand il se retrouva nez à nez avec l'infirmière de garde qui venait de sortir de la salle de repos. Serge fixa les sabots de bloc en plastique bleu de la fille tout en cherchant une raison valable, autre que le meurtre, pour justifier sa présence à bientôt onze heures du soir.

— Je peux vous aider ? demanda-t-elle.

Serge se mua en papy gâteux.

— J'ai oublié les clefs de mon appartement dans la chambre de mon neveu tout à l'heure, mais je vous rassure, d'habitude j'ai une très bonne mémoire.

Un temps, l'infirmière resta silencieuse, comme si quelqu'un lui traduisait l'astuce de Serge à l'oreille.

— Ha... Dépêchez-vous alors, les visites ne sont plus autorisées à cette heure-ci. Mais... le vigile vous a laissé entrer ?

— Il a été compréhensif.

Elle n'a pas l'air de se méfier, pensa Serge. C'était l'avantage d'être vieux, les gens étaient moins sur leur garde.

La chambre de Carlos était plongée dans le noir, seuls les éclairs stroboscopiques du poste de télé fixé au mur permettaient de distinguer son visage. Visiblement, il n'avait pas apprécié le programme en cours et dormait la bouche à demi ouverte comme s'il demandait la becquée. Serge s'approcha, ce serait beaucoup plus facile de le supprimer dans son sommeil. Il sortit son arme de l'intérieur de son blouson, mais son cerveau commençait à lui transmettre des informations contradictoires : l'hémisphère gauche voulait qu'il lui règle son compte rapido-presto, tandis que l'hémisphère droit en appelait à l'article trois de la déclaration universelle des droits de l'homme qui stipule que « tout individu a droit à la vie, à la liberté et à la sûreté de sa personne ».

Serge recala la crosse du pistolet dans sa main de plus en plus moite. Il pointa doucement le canon vers Carlos. Il ne pouvait plus tergiverser, une fois rétabli, ce type retrouverait toute sa dangerosité. Il retira doucement un des oreillers sur lequel Carlos avait posé sa tête. Le blessé remua un court instant puis reprit sa position initiale, son visage pointé vers le plafond. Qu'allait-il se passer quand la balle lui perforerait le crâne et transformerait sa cervelle en une mixture sanguinolente? Bah... il devait arrêter de jouer au roi Salomon, Carlos faisait partie de la famille des nuisibles, sa place n'était pas sur terre, sans lui, le monde ne s'en porterait que mieux.

Il plaça l'oreiller près de la tête de Carlos et y appuya le canon de son pistolet, il n'y avait plus qu'à espérer que le rembourrage synthétique suffise à étouffer le bruit de la détonation. Il contracta tous ses muscles, écarta légèrement les jambes pour conserver une stabilité suffisante et ne pas se laisser surprendre par l'effet de recul de son arme. Il bloqua sa respiration, se vida l'esprit et exerça une lente pression sur la détente...

Mais son doigt se bloqua, comme s'il venait d'être victime d'une crampe aussi soudaine qu'inattendue. Il y avait quelque chose dans cette pièce qui l'empêchait d'agir. Il examina Carlos, les électrodes placées sur sa poitrine étaient reliées à un électrocardiogramme encastré dans un meuble à roulettes: sur l'écran on pouvait voir le tracé osciller à chaque pulsation des ventricules. Serge prêta l'oreille, au bout de quelques secondes il entendit le bip à peine audible simulant la fréquence des battements de cœur de Carlos.

Il repensa à la nuit de l'accident et à ce sentiment de bienveillance dans lequel il s'était senti baigné. Dès lors, il comprit qu'il n'irait pas jusqu'au bout, que sa mutation avait atteint sa propre limite. Il s'était fourvoyé, il n'était pas un tueur, on ne s'improvisait pas justicier en série aussi facilement. La haine ne suffisait pas, il aurait dû s'en douter. Il reposa l'oreiller et baissa son arme. Ce fut le moment que choisit Carlos pour ouvrir les yeux. Une fois la surprise passée, les deux hommes se jaugèrent l'espace d'interminables secondes. Serge n'eut pas besoin de traducteur pour comprendre ce que le regard de Carlos exprimait. Il sut dès cet instant qu'il commettait une grave erreur en lui laissant la vie sauve.

Chapitre 15

Carole circulait entre les gondoles du supermarché tout en fredonnant malgré elle une des chansons de la compilation diffusée par le magasin, censée créer un stimulus de consommation auprès de ses clients.

Elle tomba en arrêt devant des paquets de gâteaux industriels au chocolat. Discrètement, elle déchira l'emballage d'une boîte et croqua dans le biscuit tout en fermant les yeux. Mais rien ne se produisit, Proust avait menti, aucune réminiscence, aucune sensation… C'était pourtant bien ces mêmes gâteaux qu'elle dégustait lors de ses goûters d'enfant mais la gamine de cette époque n'existait plus. S'y était substituée une adulte, amère et mélancolique.

Elle replaça la boîte et se dirigea vers le rayon des spiritueux. Mattis pompait tout son whisky et il fallait continuellement renouveler le stock. C'était agréable d'avoir quelqu'un à qui penser, même si ce quelqu'un s'avérait être le plus souvent un sale type égocentrique doublé d'un menteur qu'elle ne voulait plus jamais revoir.

Elle allait passer à la caisse quand une pulsion qu'elle connaissait bien l'envoya faire un tour au rayon des cosmétiques. Carole possédait chez elle tout un tas de ces tubes de crème minuscules garantissant des résultats spectaculaires en moins de dix jours et vendus à des prix prohibitifs. Depuis peu, elle utilisait une nouvelle molécule à base de concentré de goyave qui s'attaquait plus particulièrement aux ridules du pourtour des lèvres. Et même si elle trouvait que les résultats étaient loin d'égaler les espoirs nourris, l'essentiel était ailleurs. Elle ouvrit son sac à main pour y glisser trois tubes puis se rendit à la caisse et régla la bouteille de whisky. Elle se dirigea ensuite vers les portes automatiques en adoptant une démarche nonchalante. Le vigile ne lui prêta pas attention. Elle savait qu'une fois dans la rue tout s'apaiserait et que cette peur mêlée d'excitation s'effacerait au profit d'une sensation de bien-être.

Le détecteur de mouvement fit s'écarter les deux portes vitrées. Carole ferma les yeux, attendant que les endorphines fassent leur travail. Mais une main large et inamicale se posa sur son épaule.

La pièce était exiguë et trop éclairée, elle sentait la transpiration masculine mélangée à une odeur d'eau de Cologne premier prix. Deux malabars en costume de ville sombre l'observaient comme s'ils venaient d'appréhender Bonnie Parker.

— Videz votre sac, dit l'un des deux vigiles.

— Je veux téléphoner.

— Videz votre sac d'abord. La caméra vous a enregistrée.

Carole déposa les tubes de crème sur la table.

— Vous pouvez les payer ?

— Oui, dit-elle en soupirant. Je pourrai partir ensuite ?

— Ce n'est pas aussi simple que ça, fit l'autre type. On va devoir appeler la police. C'est la deuxième fois que vous vous faites prendre,

— Je sais. Laissez-moi téléphoner.

Assis en équilibre sur les deux pieds arrière de la chaise de son bureau, les mains jointes derrière sa nuque, Mattis rêvassait, il énumérait les différents endroits qu'il visiterait si un jour il jouait au loto et gagnait. Un copain lui avait parlé des îles de Micronésie dans le nord-ouest de l'océan Pacifique. Il aimait bien le nom, ça lui faisait penser à un monde fictif et paisible, peuplé de vahinés consentantes.

Son portable vibra dans sa poche. C'était Carole.

Ils marchèrent le long des grands boulevards à la recherche d'un café.

— Je me sens idiote.

— Tu es à dix euros près ?

— J'agis par pulsion, ce n'est pas une question d'argent.

— Cleptomane ? Tu fais ça depuis longtemps ?

— Quelques années, c'est la seconde fois que je me fais attraper. Qu'est-ce qui va m'arriver ?

— Ne t'inquiète pas, je vais passer un coup de fil au procureur.

— C'est aussi simple que ça ? Il suffit d'un coup de fil ?

— Depuis que je l'ai surpris dans un bar à hôtesses, il adore me rendre service.

Ils entrèrent dans un café et commandèrent deux calvas au comptoir.

— Tu crois que je suis folle ? demanda Carole après avoir liquidé son verre d'une seule lampée.

— Les folles, ce sont celles qui paient pour ces crèmes.

— Et si je te disais que j'ai fait exprès de me faire attraper ?

— Alors là, oui, t'es peut-être un peu givrée en fait.

Carole retira son écharpe et la posa en boule sur le comptoir.

— Fait chaud ici... En fait je pense qu'inconsciemment je cherchais un moyen de te revoir sans avoir à t'appeler et passer pour une conne.

— Tu sais bien que tu peux m'appeler quand tu veux...

— Non, c'est toi qui m'appelles, toi qui décides quand tu as envie de me voir, et en général c'est quand tu as bu et que tu as besoin d'avoir ta dose de sexe. Peux-tu imaginer qu'une femme puisse attendre autre chose d'un homme ?

Symboliquement, Mattis fixa la porte de sortie du café... Mais cette fois-ci impossible de fuir, au risque de la perdre définitivement. Carole venait de mettre un terme à son jeu de dupes, il ne pouvait plus se cacher derrière ses petites névroses ou ses questionnements existentiels. Il avait envie de le lui dire mais il savait pertinemment que les mots ne sortiraient pas.

Il exécuta un petit roulement percussif avec ses deux index contre le rebord du zinc.

– Tu as raison. Passe-moi le journal du bar que je regarde la météo prévue pour ce week-end.

Carole marchait la tête collée contre l'épaule de Mattis. Ils se promenaient sur les planches de la plage de Trouville, au milieu de la foule venue profiter de la journée. C'était bon de se sentir comme tout le monde, pensa Mattis, enchaîner des choses simples, tenir le bras d'une femme, respirer l'air de la mer et y prendre du plaisir. Il en était capable, oui... mais combien de temps ? Combien de temps avant que ne reviennent s'instiller dans son esprit ses petits serpents venimeux ?

Le soleil était de la partie et les gosses couraient dans tous les sens. Il regretta de ne pas avoir emmené son fils. Au dernier moment, il avait eu peur que l'alchimie ne se fasse pas entre Carole et Lucas.

Ils s'arrêtèrent devant une baraque en bois pour déguster une gaufre saupoudrée de sucre glace. Puis ils s'avancèrent jusqu'au bord de la mer, exécutant des petits sauts de puce sur le sable afin d'éviter de se faire mouiller par le ressac. Derrière eux, un enfant manipulait un cerf-volant sous l'œil attentif de son père, tandis qu'un chien ne se lassait pas de ramener un bout de bois informe à son maître.

Carole sortit un petit appareil photo numérique de son sac, elle prit des clichés de la côte et de Mattis qui faisait tout son possible pour éviter l'objectif.

— Viens, cria-t-elle ! On en fait une tous les deux.

Ils s'assirent sur le sable et prirent la pose, Carole tenait l'appareil à bout de bras.

— C'est la première fois depuis des années que je ne suis pas seule sur une photo, dit-elle en contemplant le résultat sur le moniteur de contrôle.

— Je n'ai pas l'air un peu con ? s'inquiéta Mattis.

— Non, tu as toujours cet air-là, répondit Carole en souriant.

Ils terminèrent l'après-midi au comptoir d'un café à boire des petits blancs secs en attendant l'ouverture des restaurants.

— J'adore l'air marin, fit Carole en reniflant la paume de ses mains. Fais voir les tiennes.

Mattis tendit ses mains. Carole les sentit puis les colla à plat sur ses joues.

— Je suis bien, je me sens vivante.

Ils choisirent un restaurant au hasard dans la rue piétonne de la ville et commandèrent un plateau de fruits de mer. Vers la fin du repas, un guitariste passa entre les tables en enchaînant des morceaux de jazz manouche. Mattis avait touché son mois et, pris par l'euphorie et le vin blanc lui refila un billet de dix euros sous le regard perplexe de Carole. Ils burent une seconde bouteille de riesling avant d'aller s'appauvrir un peu plus devant les machines à sous du casino.

Les clients inséraient leurs pièces dans les monnayeurs d'un air désabusé, comme s'ils avaient la prémonition qu'il n'y avait aucun espoir, mais qu'il fallait quand même insister, faute de mieux.

Carole piaillait d'excitation à chaque fois que l'appareil recrachait un peu de monnaie. Les sommes engrangées étaient ridicules mais le vin lui avait fait retrouver une humeur juvénile. Finalement, ils ressortirent avec un bénéfice de sept euros net d'impôt et rentrèrent à l'hôtel avec la même idée en tête.

Mattis sortit des mignonnettes de vodka du frigo, alluma sa radio de voyage et positionna le curseur sur une station classique. Pavarotti entamait « Una furtiva lagrima ». Assis sur le rebord du lit, ils burent leur vodka au goulot tout en se laissant prendre, les yeux fermés, par la voix puissamment mélancolique du ténor lyrique.

Carole dégrafa son soutien-gorge dès la fin du morceau, le fit tournoyer en riant autour de son index et l'envoya valser au travers de la pièce. Elle s'allongea ensuite sur le dos, retira sa culotte qu'elle laissa choir au bas du lit. Mattis l'avait regardée faire, il quitta ses chaussures et s'allongea tout contre elle. Ils prirent leur temps, et se caressèrent longuement avant de faire l'amour, puis de s'endormir.

Le lendemain matin, ils se rendirent dans la salle commune pour prendre leur petit déjeuner. Ils plaisantèrent sur leur gueule de bois respective, tout en buvant du café noir accompagné de viennoiseries au beurre. Avant de rendre les clefs et de rentrer sur Paris ils décidèrent d'aller marcher une dernière fois sur la plage.

Il y avait du vent, et une légère bruine se vaporisait sur leurs visages. Au loin, des tankers miniatures longeaient la ligne d'horizon au ralenti. Carole, comme mue par un réflexe enfantin, ramassa un caillou couleur émeraude et le fourra dans sa poche sous le regard attendri de Mattis. L'univers venait de reprendre tout son sens, pensa-t-il…

Le trajet du retour se fit en silence, l'air marin les avait rétamés et Mattis dut mettre la radio pour ne pas s'endormir. Ils arrivèrent à Paris en milieu de journée.

— Je te dépose ? demanda Mattis.

— Je veux bien. Je vais me faire un thé et m'écrouler devant la télé.

— Il faudra qu'on remette ça.

— Je ne sais, pas répondit-elle, énigmatique.

— Comment, tu ne sais pas ?

— J'ai envie de croire que ce qu'on vit en ce moment peut s'inscrire dans la durée mais… d'un autre côté, je te connais, Franck, et pour l'avoir trop souvent vécu, je sais que tu trouves toujours un moyen de me refroidir dès que je commence à espérer autre chose qu'une relation épisodique. Bonne nuit.

Mattis chercha quelque chose d'intelligent à répondre mais ne trouva rien à redire. Le claquement de la portière lui fit l'effet d'une sentence définitive : soit il changeait, soit il sombrait.

Chapitre 16

Janis dormait la bouche ouverte, elle s'était mise en travers du lit de sorte que Serge dut la pousser pour s'allonger à son tour. Il avait pris une douche et bu un grand verre de whisky, assis sur la cuvette des toilettes, l'endroit le plus approprié, selon lui, pour réfléchir sereinement. Maintenant il allait devoir la réveiller, la mettre au courant, et surtout, décider quelque chose.

Encore à moitié inconsciente, mais supposant sa présence, Janis tapota le visage de Serge à l'aveugle.

— Tu sens l'alcool.

— Il faut qu'on parle. C'est au sujet de Carlos…

Il y eut un moment de silence. Janis pressa l'interrupteur de la lampe de chevet. Elle se redressa, colla son dos contre le mur, dégagea des mèches qui lui barraient le visage d'un revers de la main.

— Carlos est vivant dit Serge à contrecœur.

Janis ne fit aucun commentaire : d'une certaine façon, elle commençait à s'habituer aux mauvaises nouvelles.

— Il est gravement blessé, mais vivant. Je suis allé lui rendre visite dans sa chambre d'hôpital.

— Dans quel but ?

Serge attrapa la bouteille de whisky posée sur la table de chevet.

— Je voulais en finir avec lui...

— Comment ça ?

Il avala une rasade en grimaçant. L'alcool glissa le long de son œsophage comme une coulée de lave ravageant tout sur son passage.

— Je voulais le supprimer. Mais je n'ai pas pu.

— Et tu crois que ça aurait résolu tous nos problèmes ? Tu crois que tu peux tirer sur les gens sans être inquiété ?

— En tout cas il ne devrait pas tarder à nous rendre visite si on ne déguerpit pas rapidement. Lui, il n'hésitera pas.

— Que ce soit lui ou la police, on finira par nous retrouver. On n'est pas de taille Serge...

— J'ai fait le nécessaire pour avoir des passeports sous un faux nom et je peux récupérer le reste de l'argent de l'assurance vie de ma femme que j'ai placé sur un compte épargne. Je pourrais aussi vendre la maison par exemple, on aurait de quoi voir venir. Mais j'ai besoin d'un peu de temps pour m'organiser...

— Chaque jour je me revois menottée à cette chaise, persuadée que Carlos va revenir me tuer.

— Tu dois te sortir cette image de la tête. Tu verras, dans six mois tu n'y penseras plus.

Serge enroula sa jambe autour de la cuisse de Janis. Il s'imprégna de son odeur et de la chaleur de sa peau, il aurait voulu que leurs chairs se confondent, qu'ils ne fassent qu'un. Indivisible. Il se mit à gamberger pendant que Janis s'endormait à nouveau. Carlos allait vouloir régler cette affaire lui-même, il n'était certainement pas du genre à déléguer en matière de vengeance. Maintenant il fallait fuir tout en essayant d'être plus malin que lui.

Convaincu que le sommeil ne reviendrait plus, Serge s'extirpa lentement du corps de Janis et descendit dans la cuisine, se versa du café dans un mug, et le fit réchauffer au four micro-ondes. Il allait y ajouter un sucre quand son regard se fixa sur la chaise en bois sur laquelle Janis s'était retrouvée ficelée toute la nuit. Dans un accès de rage, il s'en empara et la traîna jusqu'au garage. En fouillant sous l'établi, il dégota une hachette de campeur. Il cala la chaise entre le mur et sa caisse à outils, puis il se mit à fendre la structure en bois en assénant de violents coups de hache, s'imaginant en finir avec Carlos à chacune de ses entailles. Il ne s'arrêta qu'une fois la chaise réduite en charpie. Soulagé, il remonta finir son café.

Quand il ouvrit les yeux, il était allongé sur son canapé, encore habillé. Tranquillement campé sur son arrière-train, Félix, le chat du voisin, l'observait comme une bête curieuse. Depuis qu'il avait eu le malheur de lui proposer un bol de lait, l'animal avait pris ses aises et déambulait à sa guise dans la maison dès qu'une fenêtre restait ouverte trop longtemps.

Serge le toisa.

— Tu ne vas pas t'y mettre toi aussi ? Je ne pouvais tout simplement pas le faire, tu comprends ? Il y a une différence entre vouloir sauver sa vie et supprimer celle d'un autre, non ?

Félix oscilla la tête. Serge en déduisit qu'il n'avait pas été assez convaincant.

— T'es déjà sorti de ton corps, toi ? reprit-il. Ça m'étonnerait, je parie que...

— À qui tu parles ?

C'était la voix de Janis qui se rapprochait du salon.

Serge fit de grands gestes avec les bras et Félix déguerpit sous un meuble.

— Je réfléchissais à voix haute, répondit Serge qui n'avait pas envie qu'on le prenne pour l'homme qui murmurait à l'oreille des matous.

Janis entra dans la pièce en petite culotte, un oreiller pressé contre sa poitrine. Elle vint s'asseoir sur le rebord du canapé.

— J'ai fait des cauchemars toute la nuit.

Serge se redressa.

— Et moi je n'ai pas fermé l'œil. Qu'est-ce que tu dirais de changer d'air dès aujourd'hui ? Je sens que cette maison nous tape sur le système. Tu m'avais parlé d'une résidence secondaire du côté d'Étretat.

— La maison de campagne de mes parents. J'ai encore un double des clefs.

— On pourrait s'y installer le temps que les choses se calment.

— Mais qu'est-ce que tu racontes ? Rien ne va se calmer ! Tu as tué un homme, son frère est un fou furieux, et la police ne va pas tarder à nous retrouver.

— Ferme-la.

Il avait dit ça sans animosité particulière, comme une évidence. D'ailleurs, Janis se tut. Serge lui attrapa le poignet.

— Regarde-moi ! J'ai passé ma vie à obéir, toujours aux ordres du réveil et du patron, celui qui ne fait jamais de vagues, celui qui se tait, qui s'efface. Je ne sais pas pourquoi j'étais comme ça, ou plutôt, si, ça venait de cette boule d'angoisse que j'avais au fond de l'estomac, elle ne me quittait jamais et m'empêchait d'agir, de me révolter ou même seulement de donner mon avis. Et tu sais ce que c'est cette angoisse ? C'est la peur du rien, voilà ! J'avais peur du rien. C'est quand je me suis retrouvé à la retraite que j'ai commencé à me poser des questions. J'étais seul, je ne savais pas quoi faire de ma peau, et pour me remercier de toute une vie d'obéissance on me versait une pension minable. Et puis je t'ai rencontrée, et tout a changé. Comment te dire ? Quelque chose est monté en moi, quelque chose qui attendait depuis longtemps mais qui n'osait pas sortir. C'est pour cette raison que j'ai tiré sur José. Il n'était plus question que j'obéisse, que je me soumette ou qu'un autre choisisse à ma place…

Il relâcha son étreinte.

— Voilà, désolé si j'ai été un peu rude.

Janis se frotta le poignet.

— Tu me fais peur quand tu es comme ça.

— Écoute. On peut et on va s'en sortir. Tu dois me faire confiance. Et dis-toi bien une chose, Janis, jamais je ne lèverai la main sur toi.

Il se redressa.

— Je vais aller prendre une douche. Prépare-nous du café, s'il te plaît. On fera nos bagages ensuite.

Janis regardait le paysage par la fenêtre, mais aux terres agricoles s'étaient substitués les visages menaçants des frères Cuervos. Elle passa sa main sous son sweat-shirt et gratta les croûtes qui s'étaient formées sur son avant-bras après sa dernière séance d'automutilation. Pourquoi éprouvait-elle le besoin de se soumettre continuellement ? Serge ne valait pas mieux que son ancienne petite brute. Qu'avait-elle recherché chez lui ? Un protecteur, un mentor, une figure paternelle ? Elle retira son index de sa manche et le porta à sa bouche, le goût du sang la rassura un peu. Les hommes ne comprenaient rien, seule la satisfaction de leur pénis déterminait leurs actes. « Qu'ils aillent tous se faire foutre ! » hurla-t-elle sans ouvrir la bouche.

Serge cala l'aiguille du compteur sur 90, ce n'était pas le moment de se faire remarquer. De toute façon les flics le retrouveraient à coup sûr s'il ne se montrait pas plus radical dans ses choix. Une cavale réussie se préparait à l'avance or jusqu'à maintenant il n'avait fait qu'improviser dans l'urgence. Et même s'il ignorait les éventuels éléments à charge que pouvait détenir la police, il pressentait qu'il n'allait pas tarder à se faire épingler. Il devait se comporter comme sur un plateau d'échecs et anticiper les coups de ses adversaires.

Il se demanda si malgré leur dispute Janis aurait envie de faire l'amour le soir. Il posa sa main sur sa cuisse comme pour lui proposer une trêve.

— Laisse-moi, s'il te plaît, chuchota-t-elle.

Ils quittèrent l'autoroute et descendirent leurs vitres

pour ventiler un peu la voiture. L'air était frais mais agréable, des puits de lumière apparaissaient entre deux nuages, éclairant des parcelles de champs tels de gros projecteurs sortis de nulle part. Sur le bord de la départementale des couples revêtus de caleçons moulants circulaient à vélo en file indienne.

Quelques kilomètres plus loin, Janis agita son index sous le nez de Serge.

— C'est la prochaine à gauche.

Sur le talus de l'intersection, un type à la peau grêlée et aux cheveux hirsutes était assis en compagnie de deux chiens faméliques. Il avait planté dans la terre un petit panneau en bois sur lequel était inscrit au feutre noir « Pour (sur)vivre ».

Janis demanda à Serge de ralentir et de se porter à sa hauteur. Elle s'accouda à la portière.

— Salut, Eddy ! Toujours avec tes chiens ?

— Eh ouais ! Ils vieillissent moins vite que moi.

— Ça marche aujourd'hui ?

— Couci-couça, j'attends le retour des randonneurs.

Janis sortit un billet de 10 euros de sa poche de jean et le tendit à Eddy.

— Merci, petite. C'est là un repas de fête que tu m'offres.

— Prends soin de toi, répondit Janis, légèrement confuse.

La voiture repartit.

— À mon avis, il va plutôt les boire, tes dix euros, commenta Serge.

— Je sais, je ne suis pas dupe. Eddy a toujours été là, il fait partie du patrimoine local. Les gens du coin lui donnent la pièce ou de la nourriture, c'est selon.

Quand j'étais petite il me faisait peur mais j'ai appris à le connaître, et puis il n'a pas l'alcool méchant.

Il fallait prendre une route communale défoncée pour accéder à la maison. Serge zigzagua entre les nids-de-poule gorgés de boue et la caillasse, il avait hâte d'arriver et de s'ouvrir une bière.

Enfin, ils débouchèrent sur une clairière.

C'était une maison à colombages, de plain-pied, le dos tourné au vent. Son toit était recouvert de chaume et la peinture bleu azur des volets commençait à s'écailler. Mais Serge remarqua que le jardin venait d'être rafraîchi.

Comme si elle avait deviné sa pensée, Janis expliqua :

— Ma mère paie un jardinier pour empêcher la prolifération de la végétation, il passe tous les deux mois environ.

Ils entrèrent et furent surpris par la fraîcheur qui régnait à l'intérieur.

Le rare mobilier était en bois, mis à part un canapé en mousse qui commençait à s'affaisser et dont le tissu gris aurait bien eu besoin d'un passage à la machine. Ils ouvrirent volets et fenêtres et la bicoque, une fois inondée de lumière et débarrassée de son odeur de renfermé prit une autre dimension. Serge regroupa ensuite leurs affaires au milieu de la pièce principale. Janis récupéra un vieux couteau à la lame rouillée qui traînait sur l'évier de la cuisine et coupa le ruban adhésif du carton contenant ses vêtements. Dans le même temps, Serge se rendit à la cave pour remettre en route l'électricité et actionner l'arrivée d'eau. Comme Janis tirait la gueule, il la laissa déballer le reste des bagages et décida de faire le tour du propriétaire.

La maison était cernée par les bois. Il s'y enfonça en sifflotant un air de sa composition. Quand il s'estima assez loin, il ramassa quelques cailloux et les aligna sur l'écorce humide d'un tronc d'arbre couché dans l'herbe. Il recula d'une vingtaine de pas et sortit son arme. Il écarta les jambes, bloqua sa respiration et imagina une ligne droite partant du canon de son pistolet jusqu'à la cible. Au troisième tir, la balle de son 9 mm vint fracasser en deux l'un des cailloux. Il poussa un « Yep ! » de satisfaction puis examina son arme chaude comme un petit pain sorti du four. C'était une sensation intense de pouvoir soumettre un objet à sa volonté, surtout si cet objet pouvait décider de la vie ou de la mort de n'importe quel individu. Il termina de vider son chargeur puis rentra à la maison, pas loin de se prendre pour John Wayne revenant d'une chasse aux bisons.

Janis était penchée sur la table de la cuisine, elle avait ouvert une boîte de haricots verts, une autre de thon, et découpé quelques tomates en tranches.

— Je vais faire une salade composée. J'ai amené du vinaigre et de l'huile mais il n'y aura pas de pain, juste des biscottes.

— C'est parfait, ma puce. On va pendre la crémaillère.

Serge retira la languette de protection en plastique qui cerclait le robinet d'un cubitainer de dix litres de bordeaux qu'il avait eu la présence d'esprit d'emporter au dernier moment. Il décrocha deux verres à vin du rack fixé sous le placard de la cuisine, les rinça dans l'évier puis les remplit aux trois quarts. Comme il avait cru déceler l'amorce d'une volonté de réconciliation dans le ton employé par Janis, il passa derrière elle, attrapa ses hanches et se colla contre ses fesses. Elle se laissa faire et se redressa. Il glissa ses mains sous son tee-shirt, saisit ses seins et les pressa.

— Tu es belle.

— Tu veux qu'on le fasse maintenant ?

Sa voix était étrangement soumise. Serge se dit que, finalement, ça avait du bon de la bousculer un peu. Il retira ses mains et lui tendit son verre.

— À notre nouvelle vie !

Ils trinquèrent les yeux dans les yeux. Serge avala son verre comme un médicament puis se resservit aussitôt. Il laissa Janis terminer la préparation du repas et mit la table. Il s'arrêta un moment sur les tableaux accrochés au mur. C'étaient des peintures à l'huile mal exécutées, elles représentaient différentes vues de la falaise d'Étretat. Les contours étaient sommaires, les couleurs disharmoniques et il y avait un non-respect des proportions évident. Chaque tableau était signé « Marlène ».

Il s'intéressa au reste du mobilier. Près de la fenêtre, une grosse étagère remplie de bouquins et d'objets hétéroclites semblait sur le point de s'écrouler. Serge remarqua un petit livre ancien en reliure cuir. Il s'agissait d'un recueil de sonnets. Il l'ouvrit et lut au hasard :

Je vis, je meurs ; je me brûle et me noie ;
J'ay chaut estreme en endurant froidure :
La vie m'est et trop molle et trop dure.
J'ay grans ennuis entremeslez de joye.

Tout à un coup je ris et je larmoye,
Et en plaisir maint grief tourment j'endure ;

Mon bien s'en va, et à jamais il dure ;
Tout en un coup je seiche et je verdoye.

Ainsi Amour inconstamment me meine ;
Et, quand je pense avoir plus de douleur,
Sans y penser je me treuve hors de peine.

Puis, quand je croy ma joye estre certeine,
Et estre au haut de mon désiré heur,
*Il me remet en mon premier malheur.**

Serge referma le livre, songeur. Le premier vers tournait en boucle dans sa tête, le plongeant dans une profonde mélancolie. C'est alors que son attention se porta sur un vieux téléphone à cadran noir en bakélite, recouvert de poussière. Par association d'idées l'image de Janis pianotant sur son téléphone portable lui revint en mémoire. La scène s'était produite pendant qu'il vidait le coffre de la voiture.

Il retourna dans la cuisine. Posa une épaule contre l'encadrement de la porte. À l'aide d'une fourchette, Janis émiettait du thon dans un saladier.

— Tu as parlé à ta mère ?

Janis garda le nez fixé sur son saladier.

— Je lui ai envoyé un texto pour la prévenir que nous étions ici. C'est quand même chez elle, et je ne pouvais pas disparaître aussi soudainement.

Serge hésita entre la colère et la psychologie.

— Et si on l'interroge ?

— Elle ne dira rien, elle m'a promis.

— Bah, si ça vous rassure toutes les deux…

Ils passèrent à table.

* Louise Labé, 1524-1566

Janis retira son catogan et secoua la tête pour remettre ses cheveux en place.

— Ça me fait bizarre d'être ici. Quand ma mère a hérité de ses parents, elle a acheté cette maison pour que je puisse voir la mer en été. Petite, j'ai écumé tous les sentiers de balade avec mon vélo.

Serge fit glisser le paquet de tabac à rouler vers lui et se prépara une cigarette. Janis avait repoussé sa chaise, étendu ses jambes, son verre ne quittait pas sa main.

— Qu'est-ce qu'il y a ? Tu as l'air songeur.

— J'étais en train de me dire que je ne suis plus sûr que ce soit la meilleure solution de rester ici. On est trop proches de Paris, trop proches des flics, trop proches du frère. Il faut qu'on soit plus radical. Si on fait les choses à moitié, on se fera coincer. Il faut qu'on parte… loin. Je récupère les passeports et on file à l'étranger. Je pourrai ensuite faire débloquer l'argent de l'assurance vie. On aura de quoi tenir un bon bout de temps. Tu sais ce qui me plairait ? Ouvrir un petit café. On y mettrait des livres, les gens pourraient venir y jouer de la musique…

— Comme tu voudras. Moi, tout ce que je veux c'est retrouver une vie normale.

Serge remplit leurs verres.

— L'ennui avec le cubi c'est qu'on ne voit pas la quantité qu'on avale. Pourquoi ne pas aller au Québec ? Tu pourrais revoir ton père !

— Serge…

Le regard de Janis avait changé, il s'était fait plus sombre.

— Tu penses que nous serons jugés pour nos actes ?

Serge récupéra sa cigarette roulée dans le cendrier

et la ralluma, il garda la fumée plusieurs secondes avant d'expirer longuement.

— Pas si on échappe aux flics.

— Je veux dire, après.

— Après quoi ?

— Après la vie.

— Après la vie, c'est plus la vie. Écoute, des milliers de gens meurent chaque seconde, ma puce. Des gens bien, des femmes, des enfants, des innocents. Alors je suis désolé mais j'ai agi selon ma conscience. Maintenant…

— Il y a aussi le soir où je me suis retrouvée attachée. J'ai pensé que nous allions mourir, c'était… effrayant.

— Je ne voulais pas que les choses tournent de cette façon.

Serge commençait à s'agiter, la soirée virait au psychodrame. Janis n'aurait plus envie de faire l'amour, elle allait pleurnicher toute la nuit. Il se leva.

— Je vais fumer dehors.

Il s'installa sous l'auvent, sur une vieille chaise de jardin rouillée, et alterna gorgées de vin et bouffées de cigarette. Il écrasa ensuite son mégot sur le plancher d'un coup de talon et rentra débarrasser la table. Janis était partie dans la chambre. À l'oreille il comprit qu'elle changeait les draps. Il fit la vaisselle puis retourna dans le salon s'offrir un dernier verre. Rien qu'à l'idée de devoir rester immobile à côté de Janis à l'écouter se torturer la tête, il n'était pas pressé d'aller se coucher. Il attendit encore une demi-heure, le temps qu'elle s'endorme, pour gagner la chambre.

Il se déshabilla, ne gardant que son caleçon. Le vin l'avait échauffé, à peine fut-il sous la couette que le simple effleurement de la peau de Janis le fit bander. Il se remit sur le dos, puis se branla tout en caressant la hanche de Janis avec son autre main. Il lui fallut cinq bonnes minutes d'astiquage avant de jouir mais cela ne calma en rien sa frustration. Comme il n'avait pas de mouchoir pour s'essuyer il se releva pour aller se rincer la main au lavabo. Il traversa la pièce principale dans la pénombre, le sexe encore au garde à vous.

Soudain, un craquement le fit tressaillir. Instinctivement il s'accroupit derrière le canapé défraîchi. Il pensa à son arme restée sous le lit, il était sans défense, à poil et qui plus est la main pleine de semence... Il attendit, recroquevillé, à l'affût du moindre bruit... Mais la pièce resta silencieuse. Il attendit encore, puis se releva, comprenant qu'il venait d'être victime d'une aberration auditive. Il n'y avait ni tueur ni fantôme, juste le travail du bois et sa propension naturelle à imaginer le pire.

Il se passa les mains sous l'eau puis retourna se coucher. Allongé sur le dos, les yeux grands ouverts, il savait que Carlos reviendrait tôt ou tard, il en avait maintenant la certitude. Il devait s'y préparer.

À son réveil, il jugea son état acceptable malgré la quantité de mauvais vin qu'il s'était envoyée la veille. Mais la « boule » était à nouveau revenue se loger au creux de son estomac. Et il la sentait plus agressive, plus maligne. À cela aussi, il allait devoir se faire.

Chapitre 17

Quand Carlos ouvrit les yeux, l'homme le regardait. Le canon du flingue qu'il pointait sur lui tremblait légèrement, mais le coup ne partait toujours pas. Le vieux paraît manquer de cran, pensa Carlos qui venait de reconnaître Serge à travers la pénombre de la chambre. Il ne pouvait rien faire, juste opposer son regard et prier pour que l'autre ne presse pas la détente. Curieusement il se mit à compter, comme si quantifier les secondes qui s'écoulaient pouvait l'aider à s'en sortir. Arrivé au chiffre dix, il se mit à espérer, persuadé que la volonté du vieux commençait à vaciller. Il n'eut pas besoin d'aller au-delà de quinze, Serge avait baissé son arme et quitté la pièce sans un mot.

Carlos resta immobile quelques minutes, comme pour mieux goûter au plaisir d'être encore en vie. Puis il retira la canule qui reliait son avant-bras à la poche de glucose suspendue au support de perfusion et se leva – on l'avait débarrassé de ses plâtres quelques jours auparavant. Ses côtes le faisaient encore souffrir, mais il devait absolument quitter cet endroit avant que le vieux ne change d'avis et ne revienne sur ses pas. Il ouvrit son vestiaire, s'habilla, récupéra ses papiers, son téléphone et son portefeuille. Il traversa le couloir désert, ses jambes flageolaient encore. Il s'arrêta devant la porte entrouverte de la salle de garde et pencha la tête lentement. Il vit une infirmière de dos qui tchatait sur internet. Il poursuivit calmement son chemin vers les ascenseurs. Il descendit jusqu'au sous-sol et se dirigea vers la sortie du parking souterrain qu'empruntaient d'habitude les voitures pour quitter l'hôpital. Le gardien tapait sa nuit dans sa guérite. Carlos gagna la station de taxis la plus proche.

Il s'affala sur la banquette arrière, alluma son portable.

— Ouais, Sammy, il est une heure du matin, mais à ton avis, gros, si je t'appelle à cette heure c'est que c'est peut-être urgent !

Il jeta un œil au chauffeur.

— J'ai besoin que tu me rejoignes à l'appart' demain matin. Je veux que tu m'amènes les outils, j'ai un chantier qui commence... Voilà c'est ça, tu vois avec Aïcha, t'as tout compris.

Le taxi déposa Carlos devant son immeuble. C'était bon de rentrer chez soi, se dit-il tout en humant l'air chargé en CO2. Il monta.

Sammy avait fait du bon travail, l'appartement était nickel, à tel point d'ailleurs qu'il le soupçonna d'avoir demandé à sa mère de s'occuper du ménage.

Il prit une douche, se noua une serviette éponge autour de la taille et s'installa sur le canapé. Comme son rituel l'exigeait, car il était un homme de rituel, il se servit une vodka glacée et se roula un joint tout en écoutant l'album live de Joe Dassin, celui enregistré à l'Olympia en 1974. Il tira quelques taffes les yeux fixés au plafond. Depuis son entrée dans le monde très fermé du banditisme, il avait appris à vivre au présent, trop conscient que tout pouvait s'arrêter d'une minute à l'autre. Il aurait bien le temps d'élaborer le plan de sa vengeance après une bonne nuit de sommeil. Il se coucha. Mais à peine eut-il fermé les yeux qu'un diaporama se mit en route, les images défilaient au ralenti, lui laissant le temps de s'imprégner pleinement de chaque souvenir: les matins où il coiffait José avant d'aller à l'école, les parties de foot sur le dur, les heures passées devant la console, les crises de fou rire au milieu des repas, les premières bagarres, les premières cuites, les nuits à pleine vitesse sur une autoroute déserte dans une voiture volée, les filles qu'ils se refilaient.

Quand il se réveilla, Carlos avait du mal à respirer. Il attrapa son oreiller, le cala contre son ventre et se recroquevilla en position du fœtus. Quelque chose s'était infiltré en lui qu'il n'arrivait pas à maîtriser, quelque chose qui ressemblait à cette même peur du noir qu'il éprouvait lorsqu'à l'âge de six ans il devait traverser le couloir sombre de l'appartement pour rejoindre sa chambre.

Les coups mats donnés contre sa porte l'empêchèrent de cogiter plus longtemps. Il enfila un caleçon et alla ouvrir. C'était Sammy, toujours aussi souriant. Ils se firent l'accolade en se filant des petites tapes sur les épaules.

— T'as le matos ? demanda Carlos.

— Dans le sac. J'ai pris un canon scié, deux boîtes de cartouches et un 9 mm. Qu'est-ce qui s'est passé avec José ?

Carlos fixa le linoléum du couloir d'entrée, sa voix semblait prise dans un goulot d'étranglement.

— Il est mort, on l'a buté…

— Merde !

L'annonce de la mort du frère de Carlos déclencha un intense processus de réflexion chez Sammy. La disparition de José signifiait qu'une place venait de se libérer, et qui d'autre que lui-même pour prétendre à la succession de José ? Qui avait retrouvé la fille ? Qui avait fait tourner les affaires pendant l'absence de Carlos ? Qui lui avait procuré des armes ? Qui s'était préoccupé de sa santé ? Qui s'était fait blanchir les dents ?

— Sammy !

La voix de Carlos venait d'interrompre sa séance de remise des prix.

— Si tu pouvais arrêter de sourire quand je te dis que mon frère est mort…

Sammy referma sa bouche en catastrophe.

— Pardon, Carlos, c'est plus fort que moi… Je vais me contrôler. Je suis désolé pour ton frère, grinça-t-il.

Carlos ne l'écoutait plus, il examinait les armes.

— Comment s'est passé le business ? T'as coupé comme il fallait ?

Sammy réprima un début de rictus.

— Soixante-dix pour cent de paracétamol et trente

de coke. Aïcha m'a aidé. Enfin, quand elle était pas trop défoncée. Les clients flippaient de ne pas te voir revenir.

— Eh bien maintenant les affaires vont reprendre. Mais avant, on va aller rendre visite à cet enfoiré.

La seconde voiture de Carlos sommeillait dans un box privé situé à la périphérie de la cité. Une Mercedes Classe C 200 version break qu'il utilisait seulement pour ses longs trajets. Sammy fut impressionné par l'intérieur cuir et la boiserie en frêne noir.

— On se croirait sur un vrai canapé, commenta-il.

Carlos prit le volant.

— On va s'arrêter pour faire le plein, t'iras aussi remplir le jerrycan qui est dans le coffre.

Sammy acquiesça. Il était encore d'accord pour jouer l'homme de main le temps de régler cette affaire. Mais il faudrait bien que Carlos se rende à l'évidence, il n'était plus le même homme, et une promotion s'imposait.

Ils arrivèrent devant le domicile de Serge en fin de soirée. Tous les volets étaient fermés, ce qui laissait présager que la maison était vide. Mais ils attendirent une bonne heure, guettant le moindre signe pouvant signaler une présence. À minuit, Carlos se décida. Ils franchirent la petite grille d'entrée, firent le tour de la maison et poussèrent la porte de la véranda qui n'avait pas été réparée. Ils progressèrent dans le noir vers la cuisine. Carlos se tenait devant, les muscles tendus, la mâchoire serrée, prêt à actionner son Mossberg au moindre craquement. Tout semblait calme. Sammy appuya sur l'interrupteur de la cuisine tandis que Carlos balayait la pièce, l'œil vissé à son fusil. Ils s'engagèrent dans le couloir puis débouchèrent dans le salon.

À la vue du bordel qui y régnait ils comprirent que les deux tourtereaux avaient décidé d'emballer leurs affaires et de prendre la tangente. Des cartons à moitié remplis jonchaient le sol, un tapis marocain roulé et maintenu par une ficelle était posé en équilibre contre le mur tandis qu'une reproduction d'un autoportrait de Van Gogh gisait à plat sur le buffet. Carlos monta à l'étage et fouilla la chambre. La penderie était vide, à l'exception d'un vieux pull peluché encore suspendu à un cintre en bois. Le lit avait été débarrassé de ses draps et de sa couette. Carlos redescendit. Sammy regardait la bibliothèque de Serge.

— Trop chelou ces bouquins, résuma-t-il.

Carlos poursuivit sa fouille, il ouvrit chaque placard à la recherche d'indices mais ne vit rien qui puisse l'aider à retrouver la trace du vieux et de la fille.

— Hééé !!! cria Sammy.

Carlos sursauta.

— Merde ! Sammy, t'es givré ou quoi à gueuler comme ça ? Tu veux ameuter tout le quartier ?

Sammy venait d'attraper une boîte à chaussures qui était restée perchée sur le dessus de la bibliothèque.

— C'est rempli de lettres, dit Sammy en tendant la boîte à Carlos.

En effet, c'était bien des lettres dont la plupart émanaient de la mère de Janis. Carlos étudia le verso d'une d'entre elles, un nom et une adresse y figuraient. Il empocha l'enveloppe et s'installa sur le canapé.

— J'ai trouvé ce qu'il nous faut dit-il à Sammy tout en agitant l'enveloppe. Ramène le jerrycan de la voiture, on va se réchauffer…

Sammy s'exécuta en marmonnant, il supportait de

moins en moins les aboiements de Carlos, et ça aussi c'était nouveau.

Carlos aspergea d'essence tout ce qui pouvait se révéler combustible puis alluma son briquet tempête avant de le jeter sur le canapé. Il fallut moins d'une minute pour que les flammes prennent possession du salon. Carlos observa un instant d'un œil attendri ce déchaînement de puissance. Décidément, la destruction, c'était son truc. Il regrettait juste que le vieux et la petite ne soient pas ficelés au milieu de la pièce.

Chapitre 18

Mario évitait toutes sortes de pièges, soulevant l'hilarité des enfants, enfoncés dans leur canapé mousse vert pomme. Rémi aplatit sa main sur l'épaule de Mattis.

— Les gosses vont t'adorer, Franck.

— C'est mon fils qui m'a conseillé, il paraît que c'est une valeur sûre.

— Si on les laissait faire, ils passeraient leur temps devant leur console, dit Annie. Je vais rejoindre Carole et préparer des trucs à grignoter…

Elle effleura le bras de son mari et quitta la chambre.

Mattis regarda par la fenêtre. Une brume épaisse recouvrait les champs voisins, escamotant toute perspective. Pour lui, c'était un peu comme regarder la mer, agréable sur le moment mais gonflant sur le long terme. La vie n'y était pas, Mattis avait besoin d'un certain chaos pour se sentir exister, il lui fallait du bruit, du béton, des odeurs, des gens, et des bars de proximité.

Ils redescendirent dans le salon. Mattis s'attarda un moment sur les photos de famille présentées dans de jolis cadres en bois fixés au mur avec un parallélisme parfait. Comment s'y prenaient-ils pour avoir l'air aussi épanouis ? Quelque chose clochait, les gens ne pouvaient pas être heureux à ce point-là, il y avait forcément une part de simulation quelque part…

Rémi s'approcha.

— Je sais ce que tu penses mais ce n'est pas de la science-fiction, c'est juste une routine à mettre en place.

— Ouais… Mais toutes ces photos-là, ça fait un peu *La petite maison dans la prairie,* non ?

— Désolé mais je n'ai pas le réflexe de sortir l'appareil quand je m'engueule avec Annie.

Mattis sentit qu'il avait été trop loin.

— C'est moi qui déconne, elles sont très bien ces photos. Bon, tu me le sers cet apéro ?

Les femmes prirent du champagne accompagné de crème de cassis, tandis que les hommes optèrent pour un whisky douze ans d'âge. La conversation porta sur l'intérêt de manger bio. Mattis était persuadé qu'ingurgiter des saloperies depuis l'adolescence aidait à fabriquer des anticorps efficaces. D'après lui, un repas « pizza, bière, Nutella » pouvait même provoquer un orgasme culinaire.

Les enfants firent une apparition éclair en quête de nourriture. Ils piochèrent comme des morts de faim dans les bols remplis de chips en forme de fantômes, de tomates cerises et de bâtons de carottes, ils englou tirent, la bouche encore pleine, un grand verre de sirop de grenadine, puis remontèrent à l'étage en hurlant des expressions dont ils étaient les seuls à connaître la signification.

Rémi et Mattis s'éclipsèrent pour aller fumer sur la terrasse. Le vent glacial gâchait le plaisir de la cigarette.

Mattis tapota le bout de sa clope contre sa boîte d'allumettes.

— On ne peut pas dire que tu sois emmerdé par les voisins.

— On a été obligés de s'éloigner un peu pour obtenir un prix abordable mais ici il faut tout faire en voiture, même aller chercher le pain. Mais au moins, on a l'impression de respirer, c'est mieux pour les gosses. Je pense aménager les combles l'année prochaine pour en faire une chambre d'ami.

Mattis inhala une longue bouffée, espérant que la nicotine allait calmer cet animal qui lui rongeait le ventre depuis plus d'une heure. Autour de lui, des gens menaient leur existence, comme si de rien n'était, comme si la violence, l'injustice, la maladie et l'inéluctabilité de la mort ne faisaient pas partie de leur monde.

Ils dégustèrent un gigot d'agneau rôti au romarin accompagné d'un gratin dauphinois. Les deux bouteilles de côtes-du-rhône finirent de détendre l'atmosphère. Après un verre de cognac et un café serré Mattis et Carole prirent congé.

La nuit était tombée, Mattis dut s'y reprendre à plusieurs fois pour faire démarrer sa Clio. Le chauffage stabilisa la température intérieure au bout de quelques kilomètres. Carole envoya un SMS de remerciement à Annie.

— Alors ? demanda Mattis

— Ils sont adorables. J'ai bien accroché avec Annie. Et ton ami, c'est une vraie crème.

— Je reste persuadé que Rémi n'est pas humain mais je ne peux pas le prouver… Pas encore !

— Tu te rends compte ? Ils ont le même âge que nous, et ils possèdent une maison et ont deux enfants.

— Chacun son rythme. C'est toujours plus long pour les dépressifs.

La circulation était dense, les gens rentraient de week-end, ils mirent plus d'une heure pour atteindre la porte de Saint-Cloud.

— Tu veux venir chez moi ? demanda Mattis.

— Je ne préfère pas, j'ai trop mangé et trop bu. J'ai juste envie de m'allonger et dormir. Tu ne m'en veux pas ?

— T'es sûre que ça va ?

— Oui, c'est juste que toute cette harmonie m'a un peu perturbée. Tu peux me déposer là, je remonterai la rue à pied, j'ai envie de marcher, ça m'aidera à digérer.

Mattis s'exécuta. Ça tombait bien, lui aussi ressentait le besoin d'être seul.

Son appartement sentait mauvais, il n'avait pas aéré depuis plus d'une semaine. Il ouvrit toutes les fenêtres, remit un peu d'ordre dans le salon, rassembla les canettes de bière vides disséminées aux quatre coins de la pièce et les enfouit dans un sac-poubelle de trente litres. Il vida les cendriers, les nettoya à l'eau brûlante et les essuya avec du sopalin. Il passa l'aspirateur en ne négligeant aucun recoin. Quand il n'y eut plus de traces de poussière, Mattis se mit en tête de trier ses papiers. Cela lui permit de se rendre compte qu'une bonne moitié de ses factures mensuelles n'avaient pas été honorées. Il enchaîna par une remise en ordre de sa penderie. Il plia, en utilisant une technique très personnelle, l'ensemble de ses pulls et tee-shirts qu'il empila ensuite dans son armoire.

Vers onze heures du soir, juste après avoir passé un ultime coup de serpillière sur le carrelage de la cuisine, il décida qu'il en avait assez fait. Il se sentait vidé comme un sportif après l'effort. Il se retint de prendre un dernier verre et fuma une cigarette à la fenêtre. Un groupe de jeunes chahutait en bas de son immeuble. Ça lui rappela son adolescence lorsqu'il traînait en ville à la recherche de nouvelles sensations. Mais ce temps-là était révolu et la seule sensation qu'il recherchait désormais ressemblait à celle d'un bon bain brûlant.

La pluie tambourinait sur le pare-brise de la voiture. Mattis contempla le GPS que lui avaient offert ses collègues à son anniversaire pour retrouver le chemin du bureau. Il ne l'avait jamais connecté. Il effaça la buée de sa vitre d'un revers de manche. Rémi était plongé dans l'autobiographie du photographe de guerre Patrick Chauvel. Ils planquaient depuis plus de trois heures.

Mattis actionna les essuie-glaces.

— On se gèle, remets un coup de chauffage.

À cet instant un homme un costume noir pénétra dans l'immeuble.

Mattis se frotta les mains.

— Combien de temps avant la relève ?

— Deux heures.

— Je vais aller chercher des cafés.

Mattis allait sortir quand il entendit une sonnerie d'appartement crépiter dans son casque audio.

— Notre gars a de la visite.

Rémi referma son livre. Mattis plaqua ses mains contre les écouteurs.

— Merde ! Le type demande sa thune. Qu'est-ce qu'on fait ? Il parle de trois cent mille euros.

— Ce n'est pas à nous d'intervenir.

— Rémi, le mec va ressortir dans cinq minutes, si on les serre maintenant ça nous fait une jolie prise.

— On n'était pas censés remonter la filière ?

— Borsatti veut du concret ! Et trois cent mille euros plus la marchandise, c'est du sacré concret, non ? On verra plus tard pour le cartel…

— D'accord, Franck. T'excite pas, on va les taper en douceur.

Ils montèrent les escaliers en courant jusqu'au troisième étage. Rémi passa la tête par la porte coupe-feu pour vérifier si le couloir était bien vide, ils marchèrent ensuite en tapinois jusqu'au seuil de l'appartement. Ils se plaquèrent dos au mur, de chaque côté de la porte, firent sauter le bouton-pression de la sangle d'attache de leur holster fixé à la taille.

— Quand le mec sort, je le plaque au sol. Toi tu fonces dans l'appart' neutraliser l'autre, chuchota Rémi.

Mattis hocha la tête, les battements de son cœur résonnaient dans sa poitrine. Il respira profondément pour atténuer la fréquence de ses pulsations. C'était pour vivre ce genre de situations qu'il avait voulu être flic : l'excitation mêlée à la peur, aucun autre moment ne pouvait rivaliser d'intensité. Se mettre physiquement en danger lui donnait la pleine mesure de son existence, c'était comme être au bord d'un gouffre, effrayé et fasciné à la fois.

La poignée de la porte s'abaissa.

L'homme au costume noir sortit. Rémi, pour une fois, ne chercha pas de formule de politesse dans son manuel de parfait flic et lui asséna directement un coup de crosse derrière la tête. Le type s'effondra dans le couloir. Dans le même temps, Mattis bondit contre la porte pour éviter que l'autre lascar ne la lui claque au nez.

— Police ! hurla-t-il.

Son interjection eut l'effet d'une formule magique.

Le type, qui était en train de battre en retraite tout en proférant des insultes à caractère homophobe, stoppa net sa fuite et se retourna, mains en l'air. Il n'avait pas plus de trente ans, et à première vue ne portait pas d'arme. Il se mit à genoux, comme un grand habitué de l'interpellation, et croisa ses mains derrière la nuque. Il paraissait presque soulagé, sans doute avait-il cru un instant être la cible d'un gang quelconque venu lui faire la peau et piquer son matos.

Mattis le contourna tout en le pointant avec son arme puis le fit s'allonger sur le ventre en lui donnant un coup de semelle dans le dos. Il lui passa les menottes. S'estimant hors de danger, il inspecta le salon du regard. Une immense bibliothèque contenait plusieurs centaines de CD tandis qu'un écran plat de 120 pouces, incrusté dans le mur, diffusait les clips formatés de MTV. Mais là n'était pas l'essentiel… Et tout à coup les palpitations cardiaques de Mattis reprirent de plus belle : une vingtaine de sachets de coke, chacun gros comme son poing, étaient étalés sur une table basse. Il rengaina son arme dans son holster et se dirigea vers le butin. Il hésita une seconde, une seule, puis il attrapa un des paquets de poudre et le fourra dans la poche intérieure de son blouson.

— Eh mais qu'est-ce que tu fous avec ma dope dans tes poches ? lança le jeune dealer allongé sur la moquette.

Mattis se rapprocha de lui et lui colla le canon de son arme contre la tempe.

— T'as envie de savoir si Dieu existe ?

— Je suis pas pressé.

— Bien, alors tu la fermes et je plaiderai pour ton cas.

De retour au commissariat, Borsatti les convoqua dans son bureau. Pour une fois il ne transpirait pas et portait un costume de ville.

— J'étais pourtant de bonne humeur ce matin… attaqua-t-il. Ma femme s'était décidée à prendre le petit déjeuner en silence, je venais de réaliser un chrono d'enfer, et à peine arrivé, les gars m'apprennent que vous avez réalisé un flag sans tuer personne.

— C'est la pure vérité, chef, répondit Rémi.

— Je ne peux pas critiquer votre sens de l'initiative, même si je n'aime pas que l'on me mette devant le fait accompli. Mais là n'est pas le problème, on vient de me transmettre le rapport de la balistique concernant l'affaire du meurtre de José Cuervos sur ma boîte mail. Il indique que le petit ange a été troué par une balle provenant d'un Glock 17, alors que l'arme retrouvée près de l'accident est un Glock 19, ce qui innocenterait son frère Carlos. Par contre, les gars de la police scientifique ont trouvé un ADN tout neuf sur la bâche qui a servi à emballer notre client.

Mattis essayait de comprendre… José se serait fait liquider par quelqu'un d'autre ? Pourquoi pas, mais qu'est-ce que fichait Carlos si près du lieu du meurtre ? Un deal qui avait mal tourné ? Et Carlos se plantant en voiture en essayant de fuir ?

— Les expertises complémentaires devraient nous en apprendre plus ces prochains jours, poursuivit Borsatti. Autre chose, notre ami Carlos a quitté l'hôpital en catimini la nuit dernière. Je voulais faire surveiller sa chambre mais les gars du ministère sont venus ratisser tous les hommes disponibles pour effectuer un coup de filet de présumés djihadistes qui squattent un immeuble de l'arrondissement. Comment voulez-vous que je fasse tourner cette boîte, moi ?

— Il n'y en a plus que pour les petits frères d'Al Qaïda, commenta Rémi.

Borsatti tata son pouls.

— D'un autre côté, avec la prise que vous venez de me ramener, je sens que je vais pouvoir couler des jours tranquilles. Et puis entre nous, on s'en fout de ce José. Si les racailles décident de s'autoréguler, on ne va quand même pas s'en plaindre…

Chapitre 19

La jeune fille élaguait un bonsaï à l'aide d'un petit sécateur tandis que Mattis essayait de se souvenir en vain du solde de son compte en banque.

— Quelle variété de fleur faut-il offrir à une femme ? demanda-t-il.

— Ça dépend du message que vous voulez faire passer.

Mattis tortillait ses doigts comme un enfant de six ans... De façon générale, il n'aimait pas extérioriser ses sentiments.

— Si c'est de l'amour, reprit la jeune femme, qui semblait habituée aux tergiversations des clients, offrez-lui des roses, mais il faut savoir combien vous allez lui en envoyer. Vingt et une roses signifient : « Je suis consacré à toi », quatre-vingt-dix-neuf : « Je vous aimerai tous les jours de ma vie » et neuf cent quatre-vingt-dix-neuf : « Je t'aime jusqu'à la fin des temps ».

— Et pour un « Je t'aime » tout simplement ?

— C'est trois roses, répondit-elle, visiblement déçue.

Mattis entra dans la douche, il se savonna le corps méticuleusement, en insistant surtout sur ses parties génitales. Une fois séché, il se coupa les ongles des pieds et des mains, se rasa une seconde fois, s'aspergea de parfum.

Le costume n'avait pas été sorti de la penderie depuis son mariage. Les rares fois où il avait été tenté de le porter – à l'occasion d'un spectacle ou d'une soirée – un solide sentiment de culpabilité l'en avait dissuadé. Mais il tenait absolument à montrer à Carole que son désir de changement se manifestait aussi par une correction de son apparence, et quoi de plus radical qu'un costume quand tout le monde avait plutôt l'habitude de le voir porter un jean ripé jusqu'à la moelle. Il enfila une chemise presque blanche, essaya la veste. Il avait forci et se sentait un peu à l'étroit, il allait devoir la porter ouverte. Il s'étudia devant la glace, le résultat était mitigé : le Mattis sportif et jovial avait fait place à un type usé par l'accumulation d'expédients, sans parler de ces faits divers sordides qui meublaient son quotidien depuis trop longtemps maintenant. Mais tout n'était pas à jeter, il pouvait encore sauver sa peau, et même en changer. Ce costard en était la preuve.

Il sonna de la main droite tandis que la gauche planquait les roses derrière son dos. Carole ouvrit la porte, elle resplendissait dans une robe fourreau pourpre.

— Merde, Franck, tu reviens d'un enterrement ?

— Je...

— Je plaisante, tu es très beau ! Ça fait juste bizarre de te voir habillé comme ça. Allez, entre.

Mattis suivit Carole jusqu'au salon. Il attendit qu'elle se retourne pour lui présenter ses fleurs.

Elle se jeta sur lui et l'embrassa. Mattis la refréna un peu, il ne voulait pas froisser son costume.

— Tu voulais qu'on sorte ? demanda Carole.

— Le Japonais en bas de chez toi, ça t'irait ?

Ils commandèrent deux sashimis saumon, diverses brochettes de viande, du riz nature et une bouteille de rosé de Provence. Mattis aimait ce restaurant, la lumière y était tamisée et les tables assez espacées pour que l'on puisse discuter sans se sentir épié par son voisin. Le serveur déposa deux kirs « offerts par la maison » et des chips saveur crevette. Mattis attendit qu'il s'éloigne pour entamer la conversation.

— Ton travail ?

— Pas vu un client de la journée, et toi ?

— Mon enquête avance. L'étau se resserre, comme disent les journalistes.

— Tu as bonne mine, je trouve.

— Je bois moins, je dors plus.

— Et ce costume... !

Mattis détacha ses couverts en bois.

— Tu sais, j'ai toujours voulu être flic. Déjà gamin je refusais de jouer si je ne pouvais pas tenir le rôle du shérif ou du policier, c'était inné, ça ne s'explique pas. Je n'ai jamais quitté mon but des yeux et je me suis tapé l'école puis la fac pour arriver jusqu'au concours. Et Dieu sait que je n'étais pas un grand travailleur, j'étais juste déterminé. Mais une fois que j'ai été confronté à la réalité du métier j'ai vite déchanté : fréquenter les voyous, traîner dans des endroits glauques, côtoyer la misère, la violence, avoir des horaires impossibles, se taper des tonnes de paperasse, n'avoir que trop rarement une enquête qui fait bander… Tous ces trucs ont fini par me bouffer, je ne rentrais plus à la maison, j'oubliais mon fils, je picolais, j'allais aux putes… J'étais comme ces hamsters dans leur cylindre, je tournais, je tournais, et plus je tournais plus je devenais dingue. Et puis ma femme s'est tirée, mon fils ne me parlait plus, je commençais à ressembler à ceux que j'arrêtais…

— Pas ce soir, en tout cas…

— Heureusement, je t'ai rencontrée et tu as mis un peu d'ordre dans ma vie. J'ai commencé à me poser les bonnes questions, à me remettre en cause. Mais ce n'était pas suffisant, quelque chose en moi ne voulait pas avouer que j'étais devenu une merde, alors j'ai insisté encore un peu, comme un type qui continue d'appuyer sur la pédale de frein alors que sa voiture plonge dans un précipice…

Mattis s'arrêta net, le sac était vidé.

— Eh bien… Je suis un peu déboussolée. D'habitude tu es plutôt laconique quand il faut parler de toi…

Mattis fit glisser sa main sur la nappe en papier jetable et la posa sur celle de Carole. Il se sentit un peu con. Depuis qu'il la connaissait, il ne lui avait jamais témoigné beaucoup de tendresse. Carole entrecroisa ses doigts avec les siens, elle souriait tout en essayant de retenir ses larmes.

— Les brochettes vont être froides, dit-elle.

Le lendemain matin, Mattis repassa chez lui pour se changer avant d'aller au bureau. Il n'était pas question que les collègues le voient accoutré comme ça, il savait que les vannes fuseraient et il avait envie qu'on lui foute la paix. Quand il arriva dans sa rue, il ne vit pas les deux types l'attendant dans une BMW garée au pied de son immeuble. Il ne fit pas attention non plus quand les deux hommes jaillirent du véhicule. Il reçut d'abord un coup de poing derrière l'oreille qui lui irradia la tête et lui fit remonter jusque dans la gorge une partie de son petit déjeuner, il encaissa ensuite un uppercut au foie qui eut pour effet immédiat de lui faire plier les jambes et tomber sèchement à genoux sur le bitume du trottoir. Il cherchait encore son souffle quand les immenses bras de Toro le soulevèrent pour le projeter dans le coffre de la voiture. Son complice le délesta de son arme de service et de son portable.

La bagnole démarra en trombe.

Recroquevillé en chien de fusil dans la pénombre de la malle arrière, Mattis essaya d'évaluer la situation. Son avenir proche s'annonçait plus que compromis et il allait devoir se montrer très créatif pour se sortir vivant des pattes de Toro.

Au bout d'une heure la voiture ralentit. Mattis reconnut le crissement typique des pneus roulant sur du gravier, suivi du grincement de ce qui semblait être une porte de garage que l'on fait coulisser. Enfin, les portières claquèrent et le coffre s'ouvrit. Mattis en fut extrait sans ménagement. Encadré par Toro et son sbire, ils montèrent à l'étage par un petit escalier en colimaçon menant à un double salon dont les fenêtres avaient été murées à l'aide de parpaings. Un canapé en skaï défraîchi, une table basse noire en mélaminé et trois chaises en plastique orange composaient le mobilier de la pièce. L'humidité avait gagné les murs, des écailles de peinture séchée pendaient aux encoignures. Il y faisait aussi froid que dans une cave. Toro fit asseoir Mattis sur une des chaises.

— Alors, le flic ? commença-t-il. Ça te fait quoi d'être à la place du mort ?

Mattis ne releva pas le trait d'esprit.

— J'ai trouvé un moyen de te rembourser.

— Trop tard.

— Qu'est-ce que tu racontes ? Je te dis que je peux te rembourser, je peux te régler avec de la poudre.

— Tu ne comprends pas ma façon de fonctionner, je t'ai déjà donné ta chance...

Toro ligota les poignets de Mattis dans son dos à l'aide d'une cordelette. L'instant d'après, sa tête fut recouverte d'un sac plastique. Mattis essaya d'engranger de l'air par la bouche mais il n'eut droit qu'au contact humide du plastique s'enfonçant sous son palais. L'asphyxie le gagna rapidement, sa tête se balança furieusement de droite à gauche, comme si elle cherchait à éviter les coups d'un boxeur. Il n'était pas d'accord pour mourir de cette façon... Il aurait préféré une balle en plein cœur, avec l'étouffement la mort prenait trop son temps. L'été prochain, les filles se baladeraient à poil sur la plage sans lui, il ne connaîtrait jamais le dénouement de la saison six de *Dexter* ni ne saurait si le PSG allait remporter le championnat. Et surtout, il ne reverrait plus jamais son fils, ni Carole.

Ses pieds martelèrent le sol à la manière d'une danseuse de flamenco, son cerveau semblait proche de l'explosion, c'était la fin.

Soudain, une main arracha le sac. Mattis aspira l'air par la bouche dans un énorme râle. Il releva la tête, ses yeux exorbités se fixèrent sur l'imposante masse de Toro qui le regardait, bras croisés, en souriant.

— Avec mon pote, on s'est dit qu'on pouvait te laisser une dernière chance. C'est quoi cette histoire de dope ?

Mattis respira encore quelques secondes.

— J'ai mis la main sur un gros paquet de coke. Je me suis servi pendant un flag.

Toro se tourna vers l'autre homme.

— T'en penses quoi, Nico ?

— Si on peut s'éviter de creuser…

Toro se gratta l'entrejambe.

— On peut dire que t'es un veinard, Mattis. Nico est un peu flemmard. J'ai un autre business à régler, ça te laisse trois jours pour préparer mon paquet. Mais au cas où tu aurais l'idée de me balader une nouvelle fois… pense au sac.

Mattis retrouva l'habitacle sombre du coffre. Il se concentra pour ne pas céder à la panique et s'appliqua à respirer lentement. « Je suis vivant » se répéta-t-il tout le long du trajet. Toro le libéra au fond d'une ruelle en plein Paris.

Il sortit l'arme de Mattis de sa poche et la lui tendit en même temps qu'un paquet de cigarettes.

— J'ai mis les balles à part, on ne sait jamais ce qui peut passer par la tête d'un flic, pas vrai ?

Il faisait nuit, la pluie tombait dru sur le trottoir. Mattis marcha vers une station de taxis. Ses pas n'étaient pas les siens, comme si son esprit venait d'être dissocié de lui-même par l'effet d'une puissante drogue et se traînait péniblement derrière son corps.

La pièce était plongée dans le noir, il pouvait être midi ou minuit, Mattis s'en fichait. Il avait fermé les volets, débranché son téléphone et s'était réfugié dans son lit, ne laissant que le couloir allumé pour ne pas endurer la lumière directe de la chambre. Depuis deux jours il revivait en boucle la séquence du sac en plastique sur sa tête. Maintenant plus rien n'avait d'importance, il ne voulait plus penser, plus bouger, juste rester enfoui sous sa couette et se consumer sur place.

Il finit quand même par s'endormir. Mais à peine trouva-t-il le sommeil qu'une pluie de coups s'abattit sur lui, un homme de quatre fois sa taille, dont le visage restait énigmatiquement flou, le cognait au ventre à la cadence d'un métronome fou. Mattis ne réagissait pas, il se contentait d'encaisser en grimaçant. Il ouvrit les yeux. Les coups persistaient, mats et répétitifs, mais l'homme avait disparu. Il se rendit compte que quelqu'un frappait à sa porte. Il se dirigea vers l'entrée en caleçon, examina l'identité du visiteur par l'œilleton, c'était Carole. Il ouvrit la porte.

Elle se mordit la lèvre en signe de gêne.

— Je m'inquiétais, dit-elle.

— Entre.

Carole suivit Mattis jusqu'à sa chambre, elle le regarda se glisser sous la couette comme un animal regagnant précipitamment sa tanière.

— Tu veux bien éteindre ? demanda-t-il.

Carole appuya sur l'interrupteur et fit le tour du lit en tâtonnant. Elle retira ses chaussures puis s'assit à côté de Mattis.

— Rémi m'a appelé, dit-elle en chuchotant. Qu'est-ce qui s'est passé ?

Mattis se redressa et appuya son dos contre la tête de lit.

— Je pensais avoir touché le fond, je me suis trompé. Il me restait encore de la marge. Je ne sais pas ce qui m'a pris de me lancer dans ces parties de poker, j'ai toujours été nul aux cartes.

Il reprit sa respiration, comme s'il s'apprêtait à soulever une caisse de briques.

— Je fais toujours le mauvais choix, ça doit être inscrit dans mes gènes.

Carole attrapa les cigarettes de Mattis qui traînaient sur sa table de chevet.

— Moi aussi il m'est arrivé de faire de mauvais choix.

— Quel genre ? demanda Mattis qui paraissait soulagé de pouvoir quitter momentanément son petit enfer.

— Ma mère… Je… je l'ai laissée mourir.

— Qu'est-ce que tu racontes ?

— Elle ne s'était jamais occupée de moi. Pour elle, j'étais un accident, un enfant non désiré, un poids à traîner, et elle ne s'est jamais gênée pour me le faire sentir tout au long de ma vie. Après la mort de mon père, je suis partie de la maison. J'habitais chez des copines, je n'avais pas de fric, pas de formation, sans parler de mes histoires d'amour à la petite semaine, bref, je pleurais tous les soirs. J'ai commencé une psychothérapie, ça m'a aidé à y voir plus clair, et j'y suis plus ou moins arrivée. Un appartement, un travail, des amants. J'avais une vie presque normale, même si intérieurement je souffrais beaucoup. Quand ma mère m'a recontactée pour me parler de son cancer, j'ai tout de suite vu une opportunité de lui présenter l'addition… J'allais lui rendre visite de temps en temps pour régler mes comptes et surveiller sa déchéance, parce qu'à force de prendre des coups, on finit par les rendre. Je me délectais de la voir encaisser sans broncher, sans doute qu'elle avait peur de mourir seule. Puis son état s'est subitement aggravé et je ne suis plus venue. J'ai juste attendu le coup de fil de l'hôpital. Elle est morte peu après. Elle voulait être enterrée, elle me l'avait dit, alors je l'ai fait incinérer, juste pour le plaisir… Mais les choses n'ont pas tourné comme je l'espérais, je ne me suis pas sentie libérée, au contraire. Au fil des ans j'ai ressenti un énorme sentiment de culpabilité, ça m'a bouffé de l'intérieur. Encore aujourd'hui j'y pense chaque jour.

— À quoi ?

— Au fait que j'aurai dû l'accompagner, lui pardonner, essayer de la comprendre, ne pas rester dans cette rancune… J'ai fait le mauvais choix moi aussi…

— Je vois…

Posée sur la table basse de son salon, la cocaïne scintillait comme du cristal de glace. Mattis plaça le sachet sur sa balance digitale de cuisine qu'il avait achetée un jour de grande déprime dans le but de faire son pain lui-même. Le mini-écran LCD indiqua un poids de quatre cents grammes, ce qui donnait un bénéfice de 24000 euros environ à la revente – le gramme se monnayait à 60 euros ces derniers temps. C'était largement suffisant pour ne plus entendre parler de Toro et de son sac.

Il considéra le sachet un instant puis le glissa dans la poche de son blouson sans prêter la moindre attention à la petite voix qui lui suggérait d'en soutirer un peu pour sa consommation personnelle.

Le Buffalo Grill de la gare du Nord était aux trois quarts vide, Toro avait choisi le milieu de l'après-midi pour être sûr d'être tranquille. Seuls quelques voyageurs en attente d'un train prenaient un repas sur le pouce tout en feuilletant un quotidien. Ils s'installèrent dans un box, sous un abat-jour à franges rouges. Les haut-parleurs déversaient des morceaux de mauvaise country.

Toro commanda un T-bone steak avec des frites. Mattis prit du vin. Son ventre était noué, il ne pouvait rien avaler de solide. Toro dévora sa viande sans lever le nez de son assiette. Ce type se révélait être en phase avec l'univers, pensa Mattis. Tout ce qu'il faisait lui semblait naturel : manger, boire ou tuer c'était la même chose, des actes qu'il accomplissait sans le moindre questionnement, le moindre doute.

La serveuse débarrassa son assiette pendant que Toro consultait la carte des desserts, il choisit une *Pecan Pie* accompagnée d'un duo d'ananas.

— Comment tu fais pour rien manger ? Pas étonnant que t'aies cette gueule de déterré…

— Déterré… se répéta, songeur, Mattis. Je vais te faire passer le paquet sous la table.

— Tu sais, perso j'ai rien contre toi, dit Toro, la bouche pleine d'ananas à moitié mâché. C'est les affaires, et la réputation aussi. Dans mon business faut toujours montrer de quoi on est capable.

— Tu pourrais utiliser des méthodes de recouvrement un peu moins radicales…

— Hé, hé… ! Elles ne produiraient pas les mêmes effets.

Toro sortit de son blouson un Opinel de poche et fit une entaille dans le sachet. Il porta la lame sous sa narine et inspira le petit monticule de poudre.

— Bonne came, jugea-t-il. T'as pesé, je suppose ?

— Dans les quatre cents grammes.

— Ben voilà !

— On est quittes ?

— Pas tout à fait… Il te reste à régler le repas…

Mattis fit quelques pas, histoire de digérer son entrevue. Il se dirigea vers un petit square et s'assit sur un banc. Il regarda ses mains, elles étaient sales et tremblantes, il les fourra dans les poches de son blouson et respira. Il sentit l'air frais s'engager dans ses bronches puis alimenter ses poumons et ressortir par la bouche dans un souffle lent et chaud. Son malaise s'estompa. Pour la première fois de sa vie il venait de prendre conscience de sa propre mécanique, de ce fil fragile sur lequel il essayait de garder l'équilibre. Quelque chose avait changé, quelque chose de fondamental. Il l'éprouvait, physiquement, mentalement… Ce pas de deux avec la mort l'avait ramené à la vie.

Chapitre 20

Marlène ne se méfia pas quand elle entendit la sonnette de la porte d'entrée retentir, même si elle se demanda qui pouvait bien venir lui rendre visite – ses amis étaient tous du genre à prévenir – mais étant d'une nature plutôt sociable, aimant la conversation et les contacts, elle ouvrit sans réfléchir.

Carlos souriait. Ce n'était pas dans ses habitudes. Il s'était dit qu'avec son physique inquiétant, il valait mieux faire bonne impression s'il voulait obtenir, sans cogner, l'adresse du point de chute du vieux et de la fille.

Marlène regretta instantanément d'avoir ouvert la porte si vite, quelque chose en elle lui fit pressentir que ce type n'était pas net, il avait dans le regard une expression qui ne correspondait pas au sourire qu'il s'efforçait d'esquisser.

— Bonjour… Je suis… à la recherche de Janis et…

Carlos se cherchait du vocabulaire tandis que Marlène l'observait, de plus en plus soucieuse.

— Elle n'est pas venue toucher sa dernière semaine, continua-t-il, et mon patron ne veut pas d'ennuis. C'est lui qui m'envoie.

Carlos sortit un chèque qu'il avait préalablement rempli, il l'agita sous le nez de Marlène.

— Il y en a quand même pour cinq cents euros avec les pourboires et les heures sup'.

Marlène évalua la situation. Son côté yang lui suggérait de faire confiance tandis que son côté yin lui conseillait vivement de refermer.

— Eh bien figurez-vous que je n'ai plus de nouvelles de ma fille depuis qu'elle a quitté son emploi ! Mais je pourrai lui donner son chèque dès sa prochaine visite.

Carlos, qui lui aussi avait des intuitions, savait que la vieille mentait : il suffisait de voir son regard fuyant et le débit chaotique de ses paroles pour le deviner.

Il laissa échapper un soupir et avança d'un pas.

Marlène comprit qu'elle était en danger et tenta de claquer la porte, mais Carlos engagea son pied et s'imposa dans l'entrée d'un coup d'épaule. Il la repoussa brusquement dans le couloir. De toute sa vie Marlène ne s'était jamais fait agresser physiquement, elle ne connaissait la violence que par le prisme de la télévision et des journaux. La peur la submergea, son cœur cogna sa poitrine, ses jambes flageolèrent.

— Je ne sais rien, je vous jure que…

Carlos ne lui laissa pas le temps de terminer sa phrase et lui asséna un violent coup de poing au niveau du plexus. Marlène vacilla puis tomba dans le couloir. Carlos la regardait, vaguement amusé, il n'avait mis que soixante pour cent de puissance dans ce premier coup…

Marlène chercha à se relever en s'agrippant à la commode. Carlos sentit une pointe d'énervement le gagner, l'apparence humaine de Marlène commençait à s'effacer, elle ressemblait de plus en plus à un distributeur de canettes refusant de sortir la marchandise de son ventre. Il la saisit par les cheveux et la traîna dans le salon.

— Sur le canapé ! ordonna-t-il.

Il tira les rideaux et alluma un lampadaire halogène.

— J'attends !

Marlène luttait de toutes ses forces pour ne pas flancher. Elle se doutait que Carlos avait l'intention de faire du mal à sa fille. Elle reprit son souffle.

— Lâche…

Carlos se mit à rire. S'il se connaissait beaucoup de défauts, la lâcheté n'en faisait pas partie : il avait toujours été le premier à se mettre en avant lorsque sa bande affrontait ceux de la cité voisine.

Marlène ne bougeait pas. Elle commençait à penser à la mort.

— Je vais te laisser une dernière chance, après je ne serai plus du tout gentil. C'est le type que je veux, ta fille je m'en fous, tu comprends ?

Marlène savait déjà la réponse qu'elle allait donner… Elle ferma les yeux.

Ils étaient partis tôt pour éviter la cohorte des Parisiens partant en week-end. La voiture ne quittait pas la file de gauche tandis que le beat agressif d'un groupe de rap retentissait dans l'habitacle. Carlos fixait la route comme une cible, déjà concentré sur le déroulement à venir de son expédition punitive. La mère de Janis n'avait pas su dépasser son seuil de tolérance à la douleur et avait fini par lâcher l'adresse.

Sammy rêvassait, il s'imaginait bientôt à la tête de son propre business. Après tout, il n'était pas plus bête que Carlos, juste un peu moins cruel… À cet instant, la Mercedes fit une embardée pour doubler un camion par la droite. Sammy aperçut sur le bas-côté de l'autoroute le cadavre à moitié déchiqueté d'un renard malchanceux. Cet instantané morbide lui fit se rappeler qu'ils allaient sans doute commettre un meurtre, et il ne se sentait pas encore prêt pour cela.

Menacer, extorquer, dérouiller, il savait faire… Mais supprimer quelqu'un, c'était un péché un peu lourd à porter. Il se souvint du verset 29 de la sourate Al-Ma'ida tiré du Coran : « Je veux que tu partes avec le péché de m'avoir tué et avec ton propre péché : alors tu seras du nombre des gens du Feu. Telle est la récompense des injustes. » Se transformer en feu de Bengale perpétuel n'avait rien de réjouissant, et même s'il émettait parfois quelques doutes sur l'existence du Prophète, il y avait là matière à réfléchir, sans compter la possibilité qu'il avait, dans la vie réelle, de se retrouver derrière les barreaux pour une période très indéterminée.

Restait Janis… Depuis le jour où il l'avait prise en filature, il ne cessait de penser à elle. Cette fille avait quelque chose de spécial que les autres n'avaient pas. Car, il fallait bien l'admettre, José ne s'était pas trompé sur Katia et ses pipes à 10 euros. Cette époque était désormais révolue, finies les relations tarifées ou non consenties. À partir de maintenant il devait se montrer plus exigeant dans ses fréquentations. Et déjà, dans son cerveau, se tramait la perspective d'une possible liaison amoureuse... Janis allait bientôt se retrouver seule, elle serait vulnérable et déboussolée, il saurait en profiter, il deviendrait son nouveau protecteur, son confident, et pourquoi pas, son amant.

Ils quittèrent l'autoroute vers 10 heures. Sammy avait faim, mais le visage de Carlos devenait de plus en plus hermétique et il jugea préférable d'observer une période de jeûne jusqu'à ce que l'affaire soit réglée. L'écran du GPS indiqua qu'ils se rapprochaient du but. La voiture bifurqua sur un chemin de terre. Sur le talus surplombant l'intersection, un homme dormait, allongé sur la face argentée d'une couverture isotherme tandis que ses chiens somnolaient l'un sur l'autre.

— Putain de route de bouseux ! Je vais y laisser mes pneus, grogna Carlos en s'engageant sur le chemin accidenté.

Ils roulèrent au pas une dizaine de minutes, jusqu'à ce qu'un bout du toit apparaisse.

Ils parquèrent la Mercedes au milieu d'un sentier contigu à la route puis continuèrent à pied à travers les bois. Sammy faisait tout son possible pour ne pas crotter ses nouvelles Converse mais le sol était humide et ses belles semelles blanches ne furent bientôt plus qu'une tartine de boue. Ils arrivèrent à la lisière de la forêt et se cachèrent derrière des hautes herbes pour observer la maison.

— J'entends de la musique, dit Sammy.

Je ne vois aucune voiture. Soit ils sont venus en train, soit l'un des deux est sorti.

— Ça y est, j'ai trouvé, s'exclama Sammy.

— Quoi donc ?

— C'est « Ring my bell » d'Anita Ward.

— Putain, Sammy ! Tu te crois dans un *blind test* ? Prends le fusil, je garde le flingue. Tu vas aller te positionner sous l'auvent, je te couvre.

Sammy serra les dents et s'exécuta. Parcourir cette distance à découvert représentait un gros risque, le vieux pouvait facilement l'aligner par la fenêtre de la pièce principale, mais c'était aussi une bonne occasion de remonter dans l'estime de Carlos. D'accord, il avait manqué de discernement en donnant le titre du morceau, il avait tellement dansé sur cette chanson qu'il n'avait pu s'empêcher de sortir sa science. Il arma le Mossberg et respira un grand coup avant de courber le dos comme s'il descendait d'un hélico. Tout en sprintant, Sammy se jura qu'il respecterait les cinq piliers de l'islam s'il ne se prenait pas une balle avant d'atteindre son but.

Il arriva sain et sauf sous l'auvent et se plaqua dos au mur. Il ne bénéficiait d'aucun angle de vue pour observer l'intérieur de la pièce. Il sentit qu'il devait arrêter de réfléchir, au risque de rester tétanisé et de ne plus pouvoir agir. La seule solution était d'y aller d'un coup, comme un marine, supposa-t-il. Il jeta un dernier coup d'œil à Carlos et pénétra dans la maison.

Elle était là, debout, un verre de vin blanc à la main. Elle portait juste un short en jean et un soutien-gorge rouge, ses cheveux étaient en désordre et masquaient une partie de son visage. Elle regarda Sammy sans marquer le moindre étonnement, comme si elle s'attendait à sa visite. Il baissa son arme. La beauté de cette fille l'avait totalement subjugué, il ne pouvait faire qu'une chose, la regarder. Elle se passa la main dans les cheveux, sa poitrine montait et descendait au rythme de sa respiration. Elle avala le reste de son verre de vin blanc.

— Je savais que ce moment viendrait, dit-elle en souriant.

Sammy ne réagit pas, il venait de passer dans une nouvelle dimension... D'un coup, plus rien d'autre n'existait que cette fille. Il aurait voulu poser une chemise sur ses épaules et l'emmener loin de cette maison, loin de Carlos et de son obsession de vengeance.

— Tu n'as pourtant pas une tête de tueur, dit Janis en s'approchant.

— Lui, non, répondit Carlos qui venait de rentrer dans la pièce.

Chapitre 21

À son réveil, Mattis s'étonna de ne ressentir aucun mal de crâne et de ne pas éprouver le besoin d'aller se précipiter la tête la première dans la cuvette des toilettes. Il trouva ces sensations très agréables et se promit de renouveler l'expérience.

Il brancha son portable sur secteur à l'aide du chargeur. Aussitôt le téléphone se mit à tressauter sur le sol. Il interrogea son répondeur. La voix était sourde, à peine perceptible. Il mit le haut-parleur et reconnut Marlène entre deux râles. Il rappela immédiatement, mais personne ne répondit. Il fit l'impasse sur son petit déjeuner et sa douche et s'habilla avec ses fringues de la veille qui traînaient encore près de son lit sur le pouf marocain. Il dévala ensuite les escaliers et courut vers sa voiture. Il plaqua son gyrophare deux tons sur le toit. Il lui fallut moins de vingt minutes en prenant les couloirs de bus des boulevards extérieurs pour parcourir la distance entre Alésia et Meudon.

Peu avant d'arriver au pavillon, il coupa sa sirène. Il descendit de son véhicule et se présenta sur le perron. Il colla son oreille sur la porte d'entrée mais ne perçut aucun bruit. Il était possible que le type soit encore là mais il n'était pas question d'attendre du renfort, Marlène pouvait très bien se vider de son sang derrière la porte de sa maison. Il sortit son arme, désengagea la sécurité et fit monter une balle dans la chambre. Il actionna la poignée doucement, comme si elle risquait de lui exploser à la figure d'un instant à l'autre. La porte s'ouvrit. Il avança pas à pas, tout en balayant l'espace avec son arme. Une tenture séparait le salon du couloir, il fit glisser lentement les anneaux sur la tringle. Ses muscles s'étaient tendus, sa respiration s'était faite plus courte et plus rapide. Il domina sa peur en se concentrant sur son objectif.

Marlène gisait sur le sol, allongée sur le ventre, ses vêtements étaient en partie déchirés. Mattis constata la présence de nombreuses ecchymoses, le visage de la paisible retraitée lui offrant l'apéritif avait fait place à une boule de chair tuméfiée. Il visita les autres pièces pour sécuriser le reste de la maison puis appela les pompiers. Il revint vers Marlène, se pencha sur elle, elle respirait faiblement. Il la recouvrit en partie à l'aide du plaid posé sur le fauteuil. Il se mit à genoux, dégagea une partie de sa chevelure et chuchota à son oreille :

— Madame Martel, c'est le lieutenant de police Mattis. On va venir vous chercher. Que s'est-il passé ?

Elle ouvrit les yeux. Mattis lui prit la main et la caressa.

Marlène déplaça son bras droit en grimaçant.

— Ne bougez pas.

Elle marmonna quelque chose qu'il ne put décrypter. Puis elle pointa son index vers la table basse du salon. Mattis tourna la tête mais ne vit rien d'autre que des magazines féminins empilés sous le plateau en verre. Marlène réitéra son geste. Mattis posa la main sur les revues tout en la questionnant du regard, elle battit des paupières. Il aperçut alors un album de photos coincé entre deux revues. Il s'en saisit et s'approcha de Marlène, puis se mit à genoux sur la moquette et tourna les pages lentement, tout en guettant une réaction. Soudain, les doigts de Marlène s'agitèrent, comme si elle se mettait à battre la mesure. Mattis stoppa sur la page qu'elle désignait, on y voyait plusieurs clichés en couleur d'une Janis adolescente, posant sur son vélo en bordure d'un petit chemin de terre. Il continua de tourner les pages jusqu'à ce que les doigts de Marlène tambourinent à nouveau. Mattis étudia la nouvelle série de photos, elles étaient en noir et blanc et représentaient une maison normande au milieu d'une clairière, à l'arrière-plan on pouvait distinguer une jolie petite éolienne à l'ancienne. S'ensuivaient des vues de falaises et de la fameuse arche d'Étretat plantée dans une mer agitée.

Il n'en fallut pas plus à Mattis. Il sortit son agenda sur lequel il n'écrivait jamais rien et tendit son stylo-bille.

— Inscrivez l'adresse si vous en avez la force.

Marlène pinça le stylo entre son pouce et son index mais ne put aller plus loin, elle s'évanouit.

Mattis attendit l'arrivée des pompiers. Avant de partir, il se pencha une dernière fois à l'oreille de Marlène et lui promit de ramener sa fille saine et sauve. Il regagna ensuite son bureau, l'album de photos sous le bras, bien décidé à retrouver l'enfant de salaud qui s'était acharné sur elle.

Installé sur sa chaise, il détacha avec précaution le cliché qui représentait la maison de campagne, espérant trouver une indication probante.

— Bingo ! s'écria-t-il en découvrant l'annotation à l'encre bleue légèrement délavée inscrite au dos du cliché : « Yport, 1963 ».

Fébrile, il alluma son ordinateur et lança l'application Google Earth. Il tapa le nom de la ville dans le moteur de recherche interne et observa les alentours en alternant entre les fonctions de réduction et d'agrandissement de l'image. Il lui fallut une bonne vingtaine de minutes pour repérer la maison et son éolienne.

Il remercia le dieu des vents avant de calculer puis d'imprimer un itinéraire. Il lui faudrait moins de deux heures pour s'y rendre. Il consulta sa montre, il était dix heures du matin.

À cet instant, Rémi entra dans le bureau, un gobelet de plastique fumant à la main.

Pressé par le temps, Mattis alla droit au but.

— La mère de la fille en cavale s'est fait agresser chez elle. Mon intime conviction c'est que Carlos y est pour quelque chose. J'ai pu localiser une adresse. Tu m'accompagnes ?

— Tu en fais une affaire personnelle, c'est ça? Franck, j'ai six mois d'heures supplémentaires à récupérer et j'ai promis à ma femme de finir le carrelage de la cuisine ce week-end…

— J'ai besoin de mener cette enquête jusqu'au bout, c'est important pour moi, ça fait partie d'un processus…

— Processus de quoi ? D'autodestruction ? ricana Rémi.

— Je te le revaudrai.

— Purée… Quelle salade… ! s'exclama Rémi qui remplaçait tous ses jurons par des noms d'aliments depuis qu'il avait des enfants. D'accord, je t'accompagne, mais uniquement pour t'éviter de te prendre une balle…

Rémi conduisait, ruminant intérieurement chaque kilomètre parcouru tandis que la radio envoyait le dernier single accablant d'une chanteuse nord-américaine.

Mattis, quant à lui, pensait à ce que pourrait être sa vie dans un futur proche… Récemment il avait vu sur une publicité récupérée dans sa boîte à lettres, qu'il existait des sociétés qui vous vendaient des maisons en bois clés en main. Il suffisait d'avoir un terrain, et en moins de trois mois votre pavillon sortait de terre. Il éluda la question financière et se concentra sur son allégorie préférée, celle où il se faisait cuire des chipolatas aux herbes sur la grille de son barbecue en dur installé dans son jardin, tout en sirotant une bière fraîche… La maison se dresserait derrière, elle serait sans étage, avec de grandes baies vitrées, et à l'intérieur, au milieu de la pièce de vie, il y aurait Carole, confortablement allongée sur une méridienne, un livre à la main.

Rémi, qui d'habitude était plutôt du genre loquace, restait silencieux. Ce ne fut qu'après le premier péage qu'il se décida à lâcher :

— Il y a une chose dont je dois te parler, Franck.

— Je t'écoute.

— Le type qu'on a interpellé dans l'appartement m'a affirmé que tu avais mis un ballot de poudre dans ta poche.

Mattis ne répondit pas.

— La somme d'argent que nous avons saisie, poursuivit Rémi, ne correspond pas à la quantité de dope qui se trouvait sur la table du dealer, si on se fie au cours du marché actuel… Ce qui accréditerait le fait qu'il en manque une partie. J'aimerais avoir ta version, Franck.

Mattis soupira. Pareil à un suspect épuisé par une trop longue garde à vue, il avait envie de se mettre à table. Rémi ne méritait pas un mensonge de plus, il avait toujours été là dans les moments difficiles, toujours prompt à lui remonter le moral, à trouver la petite phrase adéquate qui lui redonnait le coup de fouet nécessaire à un temps de survie additionnel.

— Le type a dit vrai, j'ai pris le paquet.

— Merde ! laissa échapper Rémi, qui pour une fois laissait tomber son vocabulaire de maraîcher.

— J'avais une dette de jeu…

— Tu sais que c'est au minimum la révocation pour nous deux ?

— C'est sa parole contre la mienne.

— Purée, Mattis ! lâcha Rémi qui reprenait le contrôle de lui-même. Il faut que je m'arrête.

Il décéléra et se rangea dans une zone refuge de l'autoroute, à hauteur d'une borne d'appel d'urgence.

— T'as rien à boire ? demanda Rémi avant de sortir.

— Je dois avoir un pack de bière dans le coffre…

Ils enjambèrent la glissière de sécurité, leur canette à la main, et gravirent le talus.

— T'es accro à ce machin-là ? demanda Rémi avant d'avaler une gorgée de bière.

— J'étais surtout accro à tout ce qui pouvait me détruire… Mais c'est terminé. J'ai compris que finalement, il valait mieux vivre sans béquilles.

— T'as fait quoi du paquet ?

— J'avais une dette de jeu à régler…

— Avec toi, c'est une bonne nouvelle par seconde. Je te pensais plus solide, Franck. Je ne sais pas quoi en penser.

— Rémi, je ne te mentirais jamais deux fois de suite…

— Possible, n'empêche que tu m'as bien mené en bateau ! Je croyais que notre amitié…

— Je n'étais plus moi-même…

— OK, c'est bon, lâche l'affaire. Faut pas que tu replonges, Franck. T'es trop vieux pour ces conneries…

— Reste que le type voudra parler au juge.

— Ça m'étonnerait. Je lui ai promis que s'il l'ouvrait il partagerait la cellule des plus grands détraqués sexuels de Paris.

Mattis hocha la tête. En fait, Rémi était bien un être humain, et c'était lui l'extraterrestre.

Ils urinèrent ensemble en silence, comme pour sceller à nouveau leur amitié.

Chapitre 22

Il était onze heures du matin, Serge venait de garer sa voiture en face du casino d'Étretat. Il décida d'aller faire un tour sur le front de mer, histoire d'admirer l'arche de la falaise d'Aval. Il s'accouda à la rambarde métallique, juste au-dessus de la grève. La vue était superbe. Sous un ciel laiteux, l'océan, tel un désert bleu turquin, s'étalait à perte de vue tandis qu'au-dessus de sa tête des goélands profitaient de l'ascendance de l'air pour planer avec élégance. Il les observa jusqu'à ce qu'ils sortent de son champ de vision.

Son regard se porta alors sur ses congénères qui arpentaient la plage de galets tout en mitraillant le paysage à l'aide de minuscules appareils photo. Édifiant spectacle, songea-t-il. Son aversion pour l'espèce humaine était restée intacte. Il fit ses courses dans une supérette – jambon, pâté, tomates, riz et chocolat – puis acheta deux baguettes avant d'aller s'en jeter un au café Le Pescator.

Les clients étaient pour la plupart des vieux à la peau tannée et aux mains abîmées, qui enchaînaient les ballons de rouge tout en commentant l'actualité locale. Serge liquida deux bières au comptoir dans l'espoir d'atténuer sa gueule de bois. Il se mit à réfléchir.

Janis ne ressemblait plus à la jeune fille nature du début de leur relation. Les événements de ces derniers temps avaient eu raison de son innocence et de sa spontanéité, ce qui semblait somme toute logique... Qui ne se sentirait pas perturbé à l'idée de se prendre une balle dans la tête ?

Mais pour sa part, il ne fallait pas qu'il flanche, il devait rester lucide, déterminé. Il avait quand même acquis ces derniers temps une certaine expérience en matière de catastrophe. Les traumatismes de la petite diminueraient avec le temps, les jeunes récupéraient vite. Oui, tout était encore possible. Maintenant il s'agissait de quitter ce pays au plus vite. Et pourquoi pas le Québec ?! Qui sait ? Peut-être bien que le père de Janis s'avérerait être un chic type. Personne ne viendrait les ennuyer là-bas, et il ne craignait ni le froid ni les chemises à carreaux.

Il régla l'addition et fit un passage par l'urinoir avant de sortir. Une fois dehors, regonflé à bloc par ses projets de voyage et les embruns respirés plus tôt sur le front de mer, il décida de faire un crochet par un magasin de spiritueux pour acheter deux bouteilles de champagne. Il fallait repartir sur de bonnes bases, une cuite s'imposait.

Quand il s'engagea sur le chemin accidenté menant à la maison de la mère de Janis, il ne remarqua pas la voiture de Carlos parquée sur un chemin adjacent, trop préoccupé qu'il était par la quantité de nids-de-poule à esquiver.

Il entra dans la maison les bras chargés de ses commissions en lançant un joyeux :

— C'est moi !

Janis était assise sur le canapé. À son regard, Serge comprit tout de suite que quelque chose n'allait pas mais il n'eut pas besoin de la questionner, la pression froide du métal contre sa nuque fut la plus éloquente des réponses.

— Va t'asseoir avec elle.

Serge reconnut la voix rocailleuse de Carlos... Il posa lentement ses courses sur le sol et rejoignit Janis.

Carlos tenait le pistolet de Serge à la main et en portait un autre flanqué dans son pantalon, la crosse dépassant de la boucle de son ceinturon.

— Pas très malin, ton idée de te planquer ici.

Serge restait silencieux. Il lui apparaissait maintenant comme une évidence que d'avoir choisi cet endroit avait été une grossière erreur. Il se sentit gagné par une immense lassitude. Cette façon qu'avait la poisse de s'en prendre constamment à lui devenait franchement insupportable.

— C'était bien toi à l'hôpital ?

Serge hocha la tête.

— T'as pas eu le cran ?

— Je me suis dit que la violence n'était pas la solution.

— Ça t'a pourtant pas empêché de buter mon frère.

— Légitime défense, bredouilla Serge dont l'environnement visuel immédiat commençait à se transformer en un halo trouble et vaporeux.

Carlos sentit sa main se crisper sur son arme.

— Tu te crois en train de plaider au tribunal ?

— Les flics sont au courant, ils m'ont sans doute localisé et ne vont pas tarder à débarquer.

— Possible, mais ça ne change rien pour moi. On ne touche pas à ma famille.

Serge hocha la tête à nouveau, c'était peine perdue que de vouloir influer sur la conscience d'un fou furieux comme Carlos. Ce type ne connaissait que la loi du talion et il n'allait pas se gêner pour l'appliquer.

— On va aller prendre l'air, décréta Carlos en agitant le canon de son arme en direction de l'extérieur.

Ils se retrouvèrent face à face dans le jardin. Serge attrapa la main de Janis et la pressa doucement. Sammy restait en marge du petit groupe, comme pour marquer sa désapprobation. De son côté, Carlos réfléchissait. Il n'y avait aucun doute que ces deux-là devaient mourir. Il valait mieux ne pas laisser de témoin derrière lui. Qu'y pouvait-il après tout si le monde s'avérait n'être qu'une immense boule de violence ?

Il regarda Serge :

— T'as fait quoi de mon frère ?

— Que veux-tu que je te dise ? Je n'avais pas le choix : il s'est jeté sur moi, j'ai tiré.

L'image du corps de José, allongé sur le sol et baignant dans son sang se matérialisa sous les yeux de Carlos. Sammy, qui jusque-là n'avait pas décroché un mot, s'approcha de l'oreille de Carlos.

— La fille n'est pas obligée de voir ça, je peux la

faire rentrer dans la maison.

Carlos tourna la tête :

— Qu'est-ce que tu me chantes ? Elle aussi, elle doit y passer !

Le sang afflua aux tempes de Sammy :

— Mais elle n'y est pour rien !

— Qu'est-ce tu crois qu'elle va faire si on la laisse partir ? T'as envie de faire risette aux matons tout le restant de ta vie ?

Sammy comprit qu'il aurait dû réfléchir plus tôt aux conséquences possibles de ses actes, la situation devenait incontrôlable. Voilà maintenant qu'il se retrouvait face à une équation impossible à résoudre : sauver la fille sans trahir Carlos. Depuis qu'il était en âge de raisonner, sa mère, Carlos ou les préceptes d'Allah s'étaient toujours substitués à son libre arbitre. Mais à cet instant, la seule question qu'il devait se poser était : vers quel genre de Sammy allait-il tendre ? Le Sammy docile et malléable cher à Carlos ? Ou le Sammy fier et conquérant cher à lui-même ?

— À genoux ! fit Carlos en s'adressant à Serge et Janis.

Le temps de la réflexion était passé, Sammy comprit ce qu'il lui restait à faire.

Au moment de diriger l'arme vers la tête de Janis, Carlos sentit comme un frein agir sur sa volonté... Finalement c'était pas si facile de supprimer quelqu'un, à froid qui plus est. Mais il n'était pas Serge, et il savait très bien déconnecter son cerveau quand la situation l'exigeait. Il tendit son bras, respira un bon coup et pressa la détente.

Janis avait fermé les yeux, elle se fichait de mourir,

elle voulait juste cesser d'avoir peur et ne plus souffrir, cette vie n'était pas la sienne.

La détonation fut assourdissante, son écho bourdonna dans ses oreilles quelques secondes encore. Curieusement, elle ne ressentait rien. Comme il avait été facile de mourir !

Elle passa sa main sur son crâne, s'attendant à découvrir un trou béant, mais tout semblait à sa place. De plus en plus circonspecte sur la nature réelle de son état elle ouvrit les yeux. Devant elle, Carlos et Sammy, accrochés l'un à l'autre, roulaient dans l'herbe comme deux endiablés.

Elle était donc vivante et, selon toute vraisemblance, le grand rebeu tout maigre qui boulait sur l'herbe y était pour quelque chose. Soudain, elle sentit la main de Serge l'attraper par l'épaule et la remettre d'aplomb. La seconde d'après ils sprintaient en direction de la voiture.

Les clefs de contact étaient posées sur la plage du tableau de bord. Serge démarra en trombe et fonça sur le chemin accidenté sans se préoccuper cette fois des amortisseurs. Passé le premier virage, ils entendirent une détonation…

Sammy était allongé sur le dos, il avait l'impression qu'une main fouillait dans son ventre. C'était foutu pour sa promotion, foutu pour la fille. Il se serait bien endormi, juste le temps de récupérer… Puis il rentrerait sur Paris. Il en avait assez de ces histoires, de cette violence, il y avait mieux à faire dans la vie que de tuer des gens.

Carlos se tenait debout au-dessus de lui, le visage encore déformé par la colère.

— Tu me déçois, Sammy, fit-il avant de foncer vers sa voiture.

Carlos, lui aussi, fit peu de cas de sa suspension et lança sa Mercedes à toute blinde sur la route communale. Son habilité au volant, combinée à la puissance du moteur, lui permit de combler rapidement une partie de son retard. Arrivé à l'intersection, il eut juste le temps d'apercevoir le capot arrière de la voiture de Serge disparaître au bout de la départementale.

Serge avait pris la route d'Étretat qui longeait la falaise avant de plonger sur la ville, pensant que Carlos n'oserait pas se lancer dans une fusillade au milieu de la foule du week-end. Il s'apprêtait à négocier un virage en épingle à cheveux quand il vit apparaître en miniature le break noir de Carlos dans son rétroviseur intérieur. Instinctivement, il écrasa la pédale d'accélérateur, mais sa vitesse était trop élevée et il perdit le contrôle du véhicule qui fila tout droit dans le décor. Heureusement, les buissons qui jalonnaient le bas-côté de la route agirent comme un airbag naturel. La voiture s'immobilisa au milieu de la végétation. Ils n'étaient pas blessés et sortirent tous les deux par la portière du conducteur.

Le sentier côtier se déroulait sur plusieurs kilomètres en direction de la falaise d'Amont, celle-là même qui surplombait la ville d'Étretat. L'endroit était désert à cause du mauvais temps. Un vent puissant, accompagné de violentes rafales de pluie, balayait le littoral. En contrebas, les vagues déboulaient sur la grève comme des locomotives puis refluaient dans un chuintement effervescent.

Ça faisait maintenant cinq minutes que Serge et

Janis cavalaient le long de la falaise mais Carlos avait rattrapé son retard et les talonnait presque. Serge n'en pouvait plus, la pointe au cœur qu'il avait ressentie en enterrant José venait de resurgir. Il ralentit sa course, et s'arrêta.

Janis se retourna et lui cria :

— Mais qu'est-ce que tu fais ? !

Penché vers le sol, les deux mains en appui sur ses cuisses, Serge reprenait difficilement son souffle.

— Nous n'avons plus d'endroit où aller, répondit-il avec lassitude.

Janis se mit à hurler :

— Dépêche-toi, il arrive !

— J'ai cru que c'était possible... Continue d'avancer, je m'occupe de lui.

Janis secoua la tête en signe de dénégation, mais Serge ne la regardait déjà plus, il s'était redressé et se dirigeait lentement vers Carlos. Il avait un plan, un plan simple, radical, définitif.

Quelques mètres séparaient maintenant les deux hommes. Carlos stoppa sa course et le mit en joue. Un instant il se demanda si Serge se pensait à l'épreuve des balles pour oser venir le défier à mains nues.

La première toucha Serge à l'épaule, son bras fit une violente embardée vers l'arrière, mais il ne dévia pas de son objectif malgré la fulgurance de la douleur. Il n'était plus qu'à trois mètres quand la seconde balle l'atteignit au ventre. Et là, ce fut comme si quelqu'un venait de lui claquer la porte menant à sa respiration. Mais une fois encore, Serge continua, il n'était déjà plus un corps, juste une volonté touchant à son but.

Carlos n'eut pas le temps de presser une troisième

fois la détente, Serge arriva à sa hauteur et se jeta sur lui, l'enlaçant comme un vieux copain que l'on retrouve. Puis dans un ultime effort, il entraîna Carlos dans le vide, sous les hurlements de Janis.

Carlos le regardait, stupéfait, et se mit à crier lui aussi, comme si cela allait changer quelque chose. Serge ferma les yeux, il ne voulait pas avoir la tête de ce débile comme dernière image de sa vie.

C'était donc là que l'histoire se terminait, son corps, bientôt, se disloquerait en percutant les rochers. Tout ce qui le déterminait en tant qu'homme se diluerait enfin dans l'atmosphère.

Il n'était pas question de dieu ou de néant, peu importait. Il se revit, enfant, pédalant pour la première fois sans l'aide de ses stabilisateurs, son père courant derrière lui, tandis que sa mère, postée plus loin, l'attendait, bras grands ouverts. Il y avait aussi cette fille, allongée nue dans la pénombre d'une chambre d'hôtel, qui recomptait ses billets, et encore, les impromptus de Chopin se mêlant à un riff des Rolling Stones. Et ses parents, glissant dans une boîte vers l'incinérateur, une baignade dans un lac, ce chien heurté sur la route, le train bicolore qui l'amenait chaque jour au travail, le portrait de Dora Maar au musée Picasso, le regard de Janis pendant l'amour…

Il lâcha Carlos et ouvrit les yeux une dernière fois, la lumière du soleil tremblait derrière les nuages. Comme une promesse, pensa-t-il avant de percuter le sol. Le choc fut lourd, irrévocable.

Maintenant, il savait.

La voiture de Mattis allait bifurquer sur le chemin

menant à la maison de Marlène quand Eddy, le sans domicile, descendit de son talus en agitant les bras comme un fou furieux. Dans un débit chaotique il raconta comment il avait vu passer une voiture à toute vitesse, dans laquelle il avait reconnu Janis, accompagnée d'un homme. Ils avaient pris la direction de la falaise suivis de près par un autre véhicule tout aussi excité.

Rémi hocha la tête en guise de commentaire et enclencha la première.

— Je te préviens, dit Mattis, je suis sujet au vertige.

— Tu peux me dire s'il y a un truc qui fonctionne correctement chez toi, Franck… ?

Quand ils virent la voiture de Serge enfoncée dans la végétation ils comprirent qu'ils touchaient au but. Ils empruntèrent le chemin côtier à leur tour, la main posée sur la crosse de leur arme.

— Regarde tes pieds, conseilla Rémi.

Deux cents mètres plus loin ils tombèrent sur Janis. Assise sur un bout de roche, elle fixait la ligne d'horizon de l'océan d'un air absent.

D'instinct, Rémi se dirigea vers le bord de la falaise.

— Occupe-toi de la fille, dit-il à Mattis.

Il s'avança prudemment jusqu'à un demi-mètre du précipice et pencha la tête. Il ne put que constater les dégâts. Les deux corps sans vie de Serge et Carlos gisaient en contrebas. Il se retourna vers Mattis.

— Plus rien à faire pour eux…

Épilogue

Coiffé d'un panama, Mattis surveillait la cuisson de ses brochettes de bœuf sous l'œil attentif de Rémi. Le barbecue était à roulettes – celui en dur viendrait plus tard – et il manquait encore une bonne centaine d'heures de travail avant que le jardin ne revête une forme un peu moins dépouillée. Mais l'essentiel était là, ses brochettes cuisaient et le reste du monde n'avait qu'à se taire.

Il décala son barbecue de quelques centimètres pour éviter les bourrasques.

— J'ai reçu une carte, l'autre jour, dit-il. Une carte du Québec.

— La fille ?

— Oui. Elle a retrouvé son père, elle semble heureuse.

— Et sa mère ?

— Physiquement ça va, psychologiquement j'en suis moins sûr.

Rémi attrapa une bière dans la glacière et pressa l'opercule en aluminium.

— On le serait à moins, après tout ce qu'elle a subi…

Après avoir avalé une gorgée, il enchaîna :

— Alors et toi ? Ça y est Franck, toi aussi tu vas pouvoir accrocher de jolies photos de toi et de Carole dans ta maison !

Mattis répondit par une moue ironique, il avala une gorgée de bière.

— T'es heureux quand même ? questionna Rémi tout en lui envoyant une tape virile sur l'épaule.

— J'y travaille Rémi, j'y travaille…

La cicatrisation avait été lente mais la balle n'avait atteint aucun organe vital. L'arrivée des deux lieutenants de police, suivis peu après par la fourgonnette médicalisée du SAMU, avait permis d'éviter que Sammy ne se vide de son sang.

Il fut jugé dès sa sortie de l'hôpital. Étrangement, la justice décida de lui accorder toute sa mansuétude, l'avocat de Sammy avait axé sa plaidoirie sur le thème de la « repentance héroïque ». Comment condamner un homme qui venait lui-même d'échapper à la mort en tentant de soustraire une jeune femme à la folie criminelle d'une brute sans merci…

Ses formules emphatiques firent leur petit effet et Sammy n'écopa que de six mois de prison avec sursis pour détention et port d'arme illégal. Puis les médias s'en mêlèrent, des journalistes locaux munis de dictaphones miniatures se rendirent à son domicile pour enregistrer son témoignage. Il eut même droit à la visite de *Libération* qui lui consacra sa page portrait. Il y était question de modèle d'intégration, de rédemption et de dentition peroxydée.

Sammy se tint tranquille quelques semaines... Puis il reprit tranquillement le business de Carlos. Il n'eut aucune difficulté à se faire admettre par les anciens fournisseurs, un type qui s'était pris une balle dans le ventre forçait toujours le respect.

Un air tiède et apaisant traversait la pièce, le vent venu de l'Atlantique avait repoussé les nuages vers l'est, on annonçait même l'installation durable de l'anticyclone des Açores au-dessus d'une bonne partie de la France. La jeune femme racontait qu'elle n'arrivait plus à joindre les deux bouts, le versement des prestations sociales ne suivait pas le cours de l'inflation, apparemment le gouvernement n'adoptait pas les mêmes méthodes de calcul que la plupart de ses concitoyens...

Sammy, tout en l'écoutant, souriait... Pour lui, l'histoire commençait.

REMERCIEMENTS

Je souhaite d'abord témoigner de mon attachement à Eric Maravélias, et même si je ne partage pas ses goûts vestimentaires, qu'il sache que je n'oublierai jamais tout ce qu'il a fait pour moi. Un grand merci à Michel Ferlac, mon premier lecteur et correcteur, pour son soutien et la pertinence de ses remarques. À ma mère, qui a su lever mes doutes grâce à des aphorismes de son cru. À mon père, qui s'est toujours montré attentif et curieux de mon travail. À ma femme, Nathalie, qui me supporte dans tous les sens du terme. Et enfin, à Jimmy Gallier, qui fait preuve d'un bel enthousiasme dans son métier d'éditeur.

Parus dans la même collection

Le Baiser du Congre DEL PAPPAS
Bleu sur la Peau DEL PAPPAS
Le Jobi du Racati DEL PAPPAS
La Girelle de la Belle de Mai DEL PAPPAS
Écran total MAXIME VIVAS
Ainsi soient-elles PIERRE SERISIER
Le Royaume de Degun DEL PAPPAS
Du Sel plein les Yeux DEL PAPPAS
La Nuit des Bras Cassés MAURICE GOUIRAN
Harpo PIERRE SERISIER
Le Couteau sur la Langue RENÉ MERLE
Pleure pas le Mistral se Lève DEL PAPPAS
Le Cœur Enragué DEL PAPPAS
Le Théorème de l'Engambi MAURICE GOUIRAN
Le Cafoutchi du Diable DEL PAPPAS
Le Dernier des Chapacans MAURICE GOUIRAN
La Mue de la Cigale DEL PAPPAS
L'Arménienne aux Yeux d'Or MAURICE GOUIRAN
L'Anticyclone des Açores DEL PAPPAS
Les Martiens de Marseille MAURICE GOUIRAN
La Porte des Orients Perdus MAURICE GOUIRAN
Guantanamo Opération Porte ouverte MARC LEREAH
Bada d'Amour DEL PAPPAS
Les Damnés du Vieux Port MAURICE GOUIRAN
Saucisse dans le Métro SERGE SCOTTO
Marseille, la ville où est mort Kennedy MAURICE GOUIRAN
Sortez vos morts BRUNO LEYDET
L'Espincheur des Accoules DEL PAPPAS
Sous les Pavés, la Rage MAURICE GOUIRAN
La Gloire de Saucisse SERGE SCOTTO
Terminus Ararat MAURICE GOUIRAN
Frères d'Armes SERGE-YVES RUQUET
Train Bleu Train Noir MAURICE GOUIRAN
Meurtres à la Cité Radieuse ALAIN PUCCIARELLI
Saucisse Président SERGE SCOTTO
Vogue, Bel Engatseur, DEL PAPPAS
Spécial Dédicace LILIAN BATHELOT
Marseille sur Maire SERGE YVES RUQUET
Putains de Pauvres MAURICE GOUIRAN
La Théorie du K.O. LILIAN BATHELOT
Deus ex Massilia ANDRÉ FORTIN
Shanghai Skipper TITO TOPIN

Les Chèvres Bleues d'Arcadie Maurice Gouiran
Croisère Jaune Zolma
Les Vrais Durs Meurent Aussi Maurice Gouiran
Mistral Cinglant Zolma
Un Été Grec André Fortin
Le Sang des Siciliens Maurice Gouiran
L'Été tous les chats s'ennuient Philippe Georget
Le Royaume des Sables Pierre Boussel
La Vie est un Sale Boulot Janis Otsiémi
Qui a peur de Baby Love Maurice Gouiran
La Prière du Maure Adlène Meddi
Appelez-moi Dillinger Maurice Gouiran
Et la mort se lèvera Jacques Olivier Bosco
Requiem pour le Juge André Fortin
Saucisse face à la Crise serge scotto
Adios Viracocha Zolma
La Bouche qui mange ne parle pas Janis Otsiémi
La Posture de la Méduse alain pucciarelli
Franco est Mort Jeudi Maurice Gouiran
Pitié pour Constance André Fortin
Le Paradoxe du Cerf-Volant Philippe Georget
Le Cramé Jacques Olivier Bosco
Sur nos cadavres, ils dansent le tango Maurice Gouiran
Le Chasseur de Lucioles Janis Otsiémi
Et l'été finira Maurice Gouiran
Les auteurs du Noir face à la Différence Collectif
Raison d'Etat Hugues Leforestier
Parjures Gilles Vincent
Les violents de l'Automne Philippe Georget
La mort du scorpion Maurice Gouiran
Restez dans l'ombre André Fortin
Beso de la muerte Gilles Vincent
J'ai fait comme elle a dit Pascal Thiriet
Tortuga's bank André Blanc
Mais délivrez-nous du mal Maurice Gouiran
L'autel des naufragés Olivier Maurel
Djebel Gilles Vincent
Loupo Jacques Olivier Bosco
Le chat Ponsard André Fortin
African Tabloid Janis Otsiémi
Tendres comme les pierres Philippe Georget
Trois heures avant l'aube Gilles Vincent
La traque de la musaraigne Florent Couao-Zotti
Farel André Blanc
L'Hiver des enfants volés Maurice Gouiran

Faut que tu viennes Pascal Thiriet
Une terre pas si sainte Pierre Pouchairet
Quand les anges tombent Jacques Olivier Bosco
Le crépuscule du mercenaire André Fortin
Une nuit trop douce pour mourir Maurice Gouiran
Trait bleu Jacques Bablon
Voici le temps des assassins Gilles Verdet
Hyenae Gilles Vincent
La filière afghane Pierre Pouchairet
Au nom du fric Pascal Thiriet
Méfaits d'hiver Philippe Georget
Les voleurs de sexe Janis Otsiémi
Violence d'État André Blanc
Rouge écarlate Jacques Bablon
Maudits soient les artistes Maurice Gouiran
A l'ombre des patriarches Pierre Pouchairet
Rien ne se perd Cloé Mehdi

Achevé d'imprimer sur les presses
de Pulsio à Sofia
Imprimé en Bulgarie
Dépôt Légal : mai 2016